我也曾把光阴浪费，甚至莽撞到视死如归，
然后因为爱上你而渴望长命百岁。

喜你为疾，药石无医

宁待一 作品

中国出版集团
现代出版社

我知道你会来，所以我等。By 沈从文

你还不来，我怎敢老去。By 张爱玲

三千里的海山，十二年的隔绝，此间：每年、每月、每个时辰、每一念中都盼着要再会你。By 许地山

我将于茫茫人海中访我唯一灵魂之伴侣，得之，我幸，

不得，我命，如此而已。By 徐志摩

雨声潺潺，像住在溪边，宁愿天天下雨，以为你是因为下雨不来。By 张爱玲

这里的一切都是丑的，风、雨、太阳，都丑，人也丑，我也丑得很。只有你是青天一样可羡。*By* 朱生豪

我一切都依从你的意思，依从你是最安而最乐的。我现在的生命全都是你赐的，我从心里承认我是你的。By 白薇

你说我的信可爱，那是因为你是一个可爱的人。所以写给你的信，也跟着可爱了。By 朱湘

兵荒马乱是民国，风花雪月也是民国。

那时的人们，没有手机，没有网络，书信代表了爱情最初的模样。

朱生豪给宋清如写了 540 封信，连续了 9 年；沈从文给张兆和写了 300 多篇文章，追求了 3 年；徐志摩为陆小曼写了 200 多页，至死方休；鲁迅和许广平写了 135 封，跨度 5 年多；石评梅痴念着高君宇，写了 4 年，字字含泪……

他们不过情人节、圣诞节，却有很多、很真的爱情。

思念也好，埋怨也好，告白也好，告别也罢，所有的消息都要在路上“走”个十天半个月，所有的感情也要“走”上十天半个月。而两头的人，只能是耐心地等。

等到收信的那一刻，本来是很快乐，可转念一想，寄信的人在远方等着，便又急着把攒了十几天的思念再往信纸上誊写一遍，然后再寄，再等……

反观现在，在这个通讯便捷的时代，谁还能像民国的痴男怨女们那样，花费那么多的时间、耐性、心思，那么认真执着地笔来墨往，纸短情长？

看来，乱世不仅出英雄，而且见真感情。

民国是乱世，却有幸事，因为最美的女子和最美的句子，都在民国；最才的男子和最痴的情，也在民国。

他们的爱，或是奋不顾身地纵情一跃，或是感天动地的海誓山盟，或是平凡无奇地白头到老。

他们的故事，或是一场惊涛骇浪的悲情苦恋，或是一场姹紫嫣红的绚烂花事，或是一场波澜不惊的细水长流。

这些才子佳人的聪慧、痴心、落寞和哀愁，满足了我们对爱情的全部想象。

民国有看不腻的感情戏，三角恋、师生恋、苦情的、痴情的、绝情的、长情的，扬眉或低眉都含着岁月都化不开的浓情。

民国有不老的情书，表白的、思念的、追忆的、抱怨的、认错的、挽留的，一字一句都是雀跃着的灵魂。

这黑白底色的民国，因他们的你侬我侬而有了绚烂色彩，也因为他们的痴心柔情而熠熠生辉。

在这里，你会看到最真实的民国，看到他们谋生，谋自由，亦谋爱。

他们的爱情经历了从炙热到沉入庸常生活的过程，然后，在一蔬一饭里影射天长地久，在一鼎一镬里包容朝朝暮暮。

爱之于他们，不仅是肌肤之亲，不仅是一蔬一饭，更是一种不死的欲望，是曲折生活中的英雄梦想。

你我都无从得知，人究竟为什么会爱上另一个人，但选择在一起，并且坚持在一起，这便是此生最美的决定。爱的盟约，就是从偶然相遇到共命运的过渡。

愿你能在这些故事里寻到爱的真谛，愿你学会爱的能力。当有一天，你回望此生时，能够无比坦然地说："因为一个人，我这一生过得很好，那伟大的上苍赐给我的春花秋月，我一丝一毫都没有浪费过。"

大概一千万人之中，才有一双梁祝，才可以化蝶。其他的只化为蛾、蟑螂、蚊蚋、苍蝇、金龟子……就是化不成蝶。并无想象中之美丽。

你的信我都好好收起，注明号码。哪封是哪天发的，哪天到，我都写得明明白白，好带回家去。我们肩并着肩从头细看，细数这五年的离情别意。

一见你的眼睛，我便清醒起来，我更喜欢看你那晕红的双腮，黄昏时的霞彩似的，谢谢你给我力量。

今天早晨起来拔了半天草，心里想到等你回来看着高兴，荷花也放了苞，大概也要等你回来开，一切都是为你。

梁思成问："有一句话，我只问这一次，以后都不会再问，为什么是我？"林徽因答："答案很长，我得用一生去回答你，准备好听我了吗？"

沈从文·张兆和

任世间有百媚千红，唯独你是我情之所钟

我行过许多地方的桥，
看过许多次数的云，
喝过许多种类的酒，
却只爱过一个正当最好年龄的人。

1929年的上海，有点乱，也有点浪漫。一个湘西的清贫才子，一个江南的大家闺秀，在命运的安排下，在一所江南学府里，卷入了一场“一生不得安宁”的师生恋。

皮肤稍黑，清丽脱俗的张兆和被同学称为“黑牡丹”。叶圣陶曾赞誉说，“九如巷中张家的四个女儿，谁娶了她们都会幸福一辈子”。张兆和有许多的追求者，于是她把那些追求者编成了“青蛙1号”“青蛙2号”“青蛙3号”……

一天张兆和收到一封信，开头便是：“不知道为什么，我忽然爱上了你！”，张兆和把他编为“青蛙13号”。

这封信来自她的老师——沈从文，此后他延绵不绝地表达着心中的倾慕，但张兆和一封也没回。

我要在你眼波中去洗我的手。摩到你的眼睛，太冷了。倘若你的眼睛真是这样冷，在你鉴照下，有个人的心会结成冰。By沈从文

你走了两天，便像过了许多日子似的。天气不好，你走后，大风也刮起来，像是欺负人，发了疯似的、到处粗暴地吼。这时候，夜间十点钟，听着树干间的怪声，想到你也许正下车，也许正过江，也许正紧随着一个挑行李的脚夫，默默地走那必须走的三里路。By张兆和

不堪其扰的张兆和最后被迫拿着一大摞沈从文写给她的情书，出现在校长胡适的办公室，让胡适转交给沈从文。

胡先生很郑重地告诉她：“我知道沈从文很顽固地爱你！”

张兆和脱口说道：“我顽固地不爱他！”

看到了张兆和的坚决态度，胡适劝说沈从文说：“这个女子不能了解你，更不能了解你的爱，你错用情了。”不过这样的劝说根本不起作用。沈从文依然将一颗热忱的心都融化成一封封的情书寄给张兆和。赴青岛任教之后，情书便从上海写到了青岛。

在1931年6月的一封信中，他甚至以做张兆和的奴隶为己任。他说：“多数人愿意在君王的脚下做奴隶，但我只愿做张兆

我先以为我是个受得了寂寞的人。现在方明白我们自从在一起后，我就变成一个不能够同你离开的人了，三三，想起你我就忍受不了目前的一切了。我真像从前等你的回信、不得回信时生气。我想打东西，骂粗话，让冷气吹冻自己全身。我明白我同你离开越远反而越相近。但不成，我得同你在一起，这心才能安静，事也才能做好！By沈从文

和的奴隶。”

在日记中，张兆和写下了这样的话："看了他这信，不管他的热情是真挚的，还是用文字装点的，我总像是我自己做错了一件什么事因而陷他人于不幸中的难过。但他这不顾一切的爱，却深深地感动了我。”

“在我离开这世界以前，在我心灵有一天知觉的时候，我总会记着，记着这世上有一个人，他为了我把生活的均衡失去，他为了我，舍弃了安定的生活，而去在伤心中刻苦自己。”

直到1932年，事情有了转机。那年的暑假，沈从文坐上了去苏州张家的火车。这之后，沈从文和张兆和的关系发生了变化。四年的时光“顽固爱着”的沈从文终于打动了“顽固不爱”的张兆和。

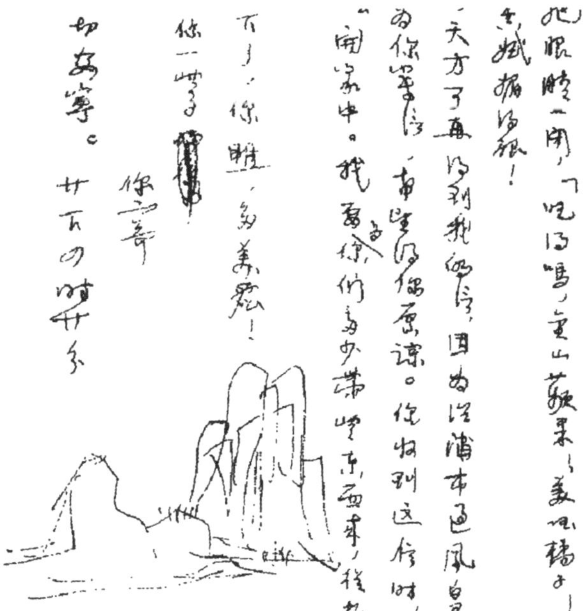
把眼睛一闭，"吃得吗，金山苹果，美国橘子，维他命多多，好得很！
天方可再得到我的信，因为从浦市过凤凰，必需[illegible]
为你写信，更望得你原谅。你收到这信时，照理我已
"闹"家中。我要你们多少带些东西来，从接到这信起
下去，你瞧，多美丽！
你一些子[illegible]
你二哥
切好等。廿五日四时廿分

选自沈从文的《湘行书简》

一个女子在诗人的诗中，永远不会老去，但诗人他自己却老去了。我想到这些，我十分犹豫了。我生平只看过一回满月。我也安慰自己过，我说：我行过许多地方的桥，看过许多次数的云，喝过许多种类的酒，却只爱过一个正当最好年龄的人。By沈从文

苇苇是易折的，磐石是难动的，我的生命等于苇苇，爱你的心希望它能如磐石。By沈从文

沈从文请二姐允和去征询张父的意见，并对兆和说："如爸爸同意，就早点让我知道，让我这乡下人，喝杯甜酒吧。"

等到沈从文回到青岛后不久，他就收到了张允和的电报，只一字"允"。

四年的情书，虽然只换来一个字，却已足够。1933年9月9日，沈从文与张兆和在北京成婚。在新婚的甜蜜时光里，沈从文的创作力得到了极大迸发，《边城》就写在这段时间，小说中那"黑而俏丽"的翠翠，原型便是张兆和。

婚后的二人更甜蜜了，书信往来中，多的是肉麻情话。

"长沙的风是不是也会这么不怜悯地吼，把我二哥的身子吹成一块冰？为了这风，我很发愁，就因为我自己这时坐在温暖

我希望我能学做一个男子，爱你却不再来麻烦你。我爱你一天总是要认真生活一天，也极力免除你不安的一天。By沈从文

三三，我今天离开你一个礼拜了。日子在旅行人看来真不快，因为这一礼拜来，我不为车子所苦，不为寒冷所苦，不为饮食马虎所苦，可是想你可太苦了。By沈从文

的屋子里，有了风，还把心吹得冰冷。我不知道二哥（注：张兆和对沈从文的爱称。）是怎么支持的。”

“三三（注：沈从文对张兆和的爱称），乖一点，放心，我一切好！我一个人在船上，看什么总想到你。”

但有很长的一段时间，二人是充满分歧的。在《飘零书简》里，“三三”逐渐走下了神坛，其实她也根本无意做个“女神”，她不过是个寻常女子，拖着两个孩子，独立面对窘迫的生活，她忍不住出言抱怨丈夫。她不明白沈从文为什么“打肿脸充胖子，不是绅士冒充绅士”，也不明白他为什么要倾家荡产地收藏古董瓷器。

但这些丝毫没有影响到沈从文对张兆和的痴情。1969年的一天，沈从文站在乱糟糟的房间里，他从鼓鼓囊囊的口袋中掏

梦里来赶我吧，我的船是黄的。尽管从梦里赶来，沿了我所画的小镇一直向西走。我想和你一同坐在船里，从船口望那一点紫色的小山。我想让一个木筏使你惊讶，因为那木筏上面还种菜！我想要你来使我的手暖和一些。我相信你从这纸上可以听到一种摇橹人歌声的，因为这张纸差不多浸透了好听的歌声！By沈从文

爱情使男人变成了傻子的同时，也变成了奴隶，不过，有幸碰到让你甘心做奴隶的女人，你也就不枉来这人世间走一遭。By沈从文

出一封皱巴巴的信，又像哭又像笑地说："这是她（注：张兆和此时已下放湖北咸宁）给我的第一封信。"他把信举起来，面色十分羞涩而温柔，接着就哭起来，快七十岁的老头儿哭得像个小孩子一样又伤心，又快乐。

无论何时，张兆和都是他眼中最美的风景。

沈从文去世之后，张兆和开始整理他的信件和一些文字，编成《从文家书》。她在《后记》中写道："从文同我相处，这一生，究竟是幸福还是不幸？得不到回答。我不理解他，不完全理解他。后来逐渐有了些理解，但是，真正懂得他的为人，懂得他一生承受的重压，是在整理编选他遗稿的现在。过去不知道的，现在知道了；过去不明白的，现在明白了。"

“宝宝，柳树岔子的滩，太好看了。”

选自《湘行书简》

你的聪明像一只鹿，你的别的许多德行又像一匹羊；我愿意来同羊温存，又担心鹿因此受了虚惊；故在你面前只得学成如此沉默，（几乎近于抑郁了的沉默！）你怎么能知？我贫乏到一切，我不有美丽的毛羽，并那用言语来装饰他热情的本能亦无！脸上不会像别人能挂上点殷勤，嘴角也不会怎样来常深着微笑，眼睛又是那样笨重，追不上你意思所在。别人对我无意中念到你的名字，我心就抖战，身就沁汗。并不当到别人，只在那有星子的夜里，我才敢低低喊你的名字。By沈从文

爱情里本来就没有对等，追求的一方自始至终都是一颗谦卑的心，一种匍匐的姿态。但爱情就是这样，如同一杯品尝不尽的酒，里面拌着酸、甜、苦、辣。

女生变成了女神，再变成“不可理喻”的妇女，男生变成男神，再变成了老腊肉，而这个过程最有意思的是，她和他，见证了彼此。

我求你，以后许可我做我要做的事，凡是我要向你说什么时，你都能当我是一个比较愚蠢还并不讨厌的人，让我有一种机会，说出一些有奴性的卑屈的话，这点点是你容易办到的。你莫想，每一次我说到“我爱你”时你就觉得受窘，你也不用说“我偏不爱你”，作为抗拒别人对你的倾心。By沈从文

船是只新船，油得黄黄的，干净得可以作为教堂的神龛。我卧的地方较低一些，可听得出水在船底流过的细碎声音。前舱用板隔断，故我可以不被风吹。我坐的是后面，凡为船后的天、地、水，我全可以看到。我就这样一面看水，一面想你。我快乐，就想应当同你快乐，我闷，就想要你在我必可以不闷。我同船老板吃饭，我盼望你也在一角吃饭。By沈从文

天下原有许多稀奇事情，我十年，都缺少能力解释到它，也不能用任何方法说明，譬如想到所爱的一个人的时候，血就流走得快了许多，全身就发热作寒，听到旁人提到这人的名字，就似乎又十分害怕，又十分快乐。By沈从文

徐志摩·林徽因

问世间情为何物，直教人生死相许

我将于茫茫人海中访我唯一灵魂之伴侣，

得之，我幸，不得，我命，如此而已。

1920年秋天，24岁的徐志摩在英国伦敦邂逅了16岁的林徽因，一个是才气渐成，风华正茂的有志青年，一个是年方二八，情窦初开的千金小姐。

那时候的林徽因似荒野般寂寞。父亲林长民日日忙碌，不能伴她左右。正如她后来回忆所说："我独自坐在一间顶大的书房里看雨，那是英国的不断的雨。""一个人吃饭一面咬着手指头哭——闷到实在不能不哭！我做着所有女孩做的梦。而实际上却只是天天落雨又落雨。"

恰逢此时，徐志摩出现了。

徐志摩兼具了林徽因孤自独处时对亲密伴侣的所有向

你不能忘我，爱，除了在你的心里，我再没有命；是，我听你的话，我等，等铁树儿开花我也得耐心等；爱，你永远是我头顶的一颗明星：要是不幸死了，我就变一个萤火，在这园里，挨着草根，暗沉沉地飞，黄昏飞到半夜，半夜飞到天明，只愿天空不生云，我望得见天，天上那颗不变的大星，那是你，但愿你为我多放光明，隔着夜，隔着天，通着恋爱的灵犀一点……By徐志摩

往——浪漫，匆忙，温柔，诗意，潇洒，自若，且热烈。于是，他们很快熟络。

一次，林徽因从一个好友那里得知，徐志摩曾头顶大雨跑去看彩虹。林徽因好奇地问徐志摩：“你怎就能判定那雨后必有彩虹？”

徐志摩却答道：“完全诗意的信仰。”

她被他滔滔不绝的演说和诙谐的语调吸引了，她所有的感情体验，包括慌乱的眩晕、喜悦和羞涩，都被他带动着。

林徽因的好友费慰梅曾这样评说：“她是被徐志摩的性格、他的追求和他对她的热烈感情所迷住了……对他打开她的眼界和唤起她新的向往充满感激。”

我是天空里的一片云，偶尔投影在你的波心。你不必讶异，更无须欢喜，在转瞬间消灭了踪影。你我相逢在黑夜的海上，你有你的，我有我的，方向；你记得也好，最好你忘掉，在这交会时互放的光亮！By徐志摩

你舒伸得像一湖水向着晴空里，白云，又像是一流冷涧，澄清。许我循着林岸穷究你的泉源：我却仍然怀抱着百般的疑心，对你的每一个映影！你展开像个千瓣的花朵，鲜妍是你的每一瓣，更有芳沁，那温存袭人的花气，伴着晚凉。我说花儿，这正是春的捉弄人，来偷取人们的痴情！By林徽因

只是，连林徽因也不知道，在她对徐志摩的感情里，到底有多少是纯粹的友情，又有多少是异性之间的倾慕和爱恋，但她却是实实在在地被他吸引住了。

而心中活跃着浪漫主义激情的徐志摩，在和林徽因交往的过程中也惊奇地发现，这个看似不谙世事的小姑娘，不仅生得端庄秀丽，而且思维活跃、见识广阔，她对一般事务的理解和悟性，都远远超出了她的年龄。在她一颦一笑的外表下，还隐藏着聪慧、幽默、敏锐、追求独立和坚持己见等种种优良的内在品质。

在徐志摩看来，她"可爱的梨涡，解释了处女的梦境的欢喜，像一颗露珠，颤动的，在荷盘中闪烁着晨曦"。

大概也是凭着一股"诗意的信仰"，徐志摩开始热烈地追求

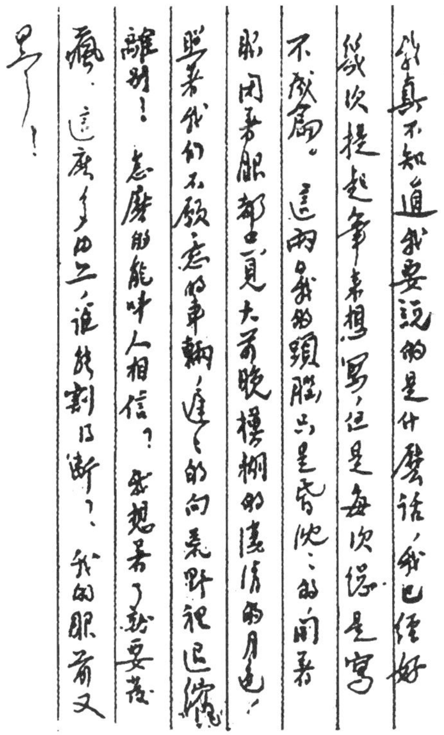
我真不知道我要說的是什麼話，我已經好
幾次提起筆來想寫，但是每次總是寫
不成篇。這兩日我的頭腦總是昏沉沉的，開著
眼閉著眼都只見大前晚模糊的淒清的月色，
照著我們不願意的車輛，遲遲的向荒野裡退縮。
離別！怎麼的能叫人相信？我想著了就要發
瘋。這麼多的絲，誰能割得斷？我的眼前又
黑了！

徐志摩写给林徽因的信

烈士殉国，宗教家殉道，情人殉情，说到底是一个意思，同一种率真，同一种壮烈。当我的心为一个人燃烧的时候，我便是这天底下最幸运又是最最苦痛的人了，你给予了我从未经历过的一切，让我知道生命真是上帝了不起的杰作。如果有一天我获得了你的爱，那么我飘零的生命就有了归宿，只有爱才可以让我匆匆行进的脚步停下，让我在你的身边停留一小会儿吧，你知道忧伤正像锯子锯着我的灵魂。By徐志摩

我如果没有愁过你的愁，思虑过你的思虑，我就不配说我爱你。你以为你像锯子般拉扯的是什么，是我肉做的心啊！By徐志摩

林徽因，他说："父亲让我出国留学，是想让我将来进入金融界。可是徽因，和你在一起时，我的脑子全都是诗句，我以后要做一个诗人，一生一世都要为你写诗！"

这一场萍水相逢，换来了志摩的狂热、激情、勇敢，也换来了徽因的惶恐与失措，她只不过是16岁的少女。面对着这个大她8岁的男人，面对这样热情的表白，她感到的只有压力和受宠若惊。

与此同时，徐志摩要面对一个"严峻的现实"——他是有妇之夫。当徐志摩最终选择与发妻张幼仪离婚之后，当他带着中国第一张离婚证书回国时，却得到了"林徽因与梁思成订婚"的消息。

梁启超曾写信给弟子徐志摩，劝他："义不容以他人之苦痛

款识：志摩先生属写，林徽因。钤印：徽音。徐志摩题跋：春到西湖暖，客自首都来，笑语绿阴深处，淡云凝护百花开，杂咏一首为吾林相，志摩，九月廿一日。

这一定又是你的手指，轻弹着，在这深夜，稠密的悲思；我不禁频边泛上了红，静听着，这深夜里弦子的生动。一声听从我心底穿过，忒凄凉我懂得，但我怎能应和？生命早描定她的式样，太薄弱是人们的美丽的想象。除非在梦里有这么一天，你和我同来攀动那根希望的弦。By林徽因

我是个平常的人，我不能盼望在人海里值得你一转眼的注意。你是天风，每一个浪花一定得感到你的力量，从它的心里激出变化，每一根小草也一定得在你的踪迹下低头，在缘的颤动中表示惊异。By徐志摩

易自己之快乐。”

而徐志摩则回复道：“我将于茫茫人海中访我唯一灵魂之伴侣，得之，我幸，不得，我命，如此而已。”志摩口中的灵魂伴侣，无疑是指林徽因。

然而，此时的徐志摩显然已经在这场感情争夺中处于下风。可他依然执着，多次去拜访梁思成与林徽因。去的次数多了，自然引起梁思成的反感，梁便在门上贴一纸条，大书：“Lovers want to be left alone.（情人不愿受干扰）。”

徐志摩见了，只得怏怏而去。

徐志摩第二次追求林徽因是在印度大诗人泰戈尔访华期间，一路由徐志摩和林徽因陪同。这三人，一个长者衣袂飘飘，一

那一晚我的船推出了河心，澄蓝的天上托着密密的星。那一晚你的手牵着我的手，迷惘的星夜封锁起重愁。那一晚你和我分定了方向，两人各认取个生活的模样。到如今我的船仍然在海面飘，细弱的桅杆常在风涛里摇。到如今太阳只在我背后徘徊，层层的阴影留守在我周围。到如今我还记着那一晚的天，星光、眼泪、白茫茫的江边！到如今我还想念你岸上的耕种：红花儿黄花儿朵朵的生动。By林徽因（注）

对青年男女宛若璧人，民国初年这如诗如画的一幕，至今仍传为美谈，引人无限遐思。

在这期间，徐志摩知道了林徽因的最终决定——她不可能选择他，他们必须“离别”。

了解内情的泰戈尔写诗记录下了这段缠绵不尽之情：“天空的蔚蓝，爱上了大地的碧绿，他们之间的微风叹了声，唉！”

徐志摩第三次接近林徽因是在1931年。那时候的徐志摩是拮据的，而林徽因是孱弱的。因为肺病的缘故，林徽因在北京养病，而徐志摩常去拜访。11月10日，也是徐志摩离开北京的前一天，他再次拜访林徽因，不料林徽因因有事不在家里，徐志摩便留了一张纸条：“定明早六时飞行，此去存亡未卜。”

注：林徽因所作的小诗《那一晚》，原载1931年4月《诗刊》第2期，署名“尺棰”。

我愁望着云泞的天和泥泞的地，只担心你们上山一路平安。到山上大家都安好否?我在记念。雨下得凶，电话电灯会断。我讨得半根蜡，匍匐在桌上胡乱写。上次扭筋的脚有些生痛。一躺平眼睛发跳，全身的脉搏都似乎分明地觉得。再有两天如此，一定病倒，但希望天可以放晴。我还牵记你家矮墙上的艳阳。此去归来时难说完，敬祝山中人“神仙生活”，快乐康强！By徐志摩（注）

我将于茫茫人海中访我唯一灵魂之伴侣，得之，我幸，不得，我命，如此而已。By徐志摩

见到留言的林徽因赶忙给徐志摩打了电话，并在通话中告知徐志摩，她将于11月19日在北京协和礼堂做关于建筑方面的演讲。

徐志摩当即承诺“定是要去听的”。谁曾料想，这便是二人的永别。11月19日当天，徐志摩搭成廉价的邮政客机，专程去北京听林徽因的演讲，飞机因天气原因失事。

对林徽因而言，徐志摩是不请自来的，也是不告而别的。这个为了爱情奋不顾身的浪漫诗人，以全然的爱，进行了一场无止境的追逐。

《红楼梦》里有这样的故事，一僧一道告诫灵性已通、凡心正炽的灵石：“凡间之事，美中不足，好事多磨，乐极悲生，人

注：徐志摩写给林徽因的信，林徽因当时在香山养病。

恋爱他到底是什么一回事？他来的时候我还不曾出世，太阳为我照上了二十几个年头，我只是个孩子，认不认识半点愁。忽然有一天，我又爱又恨那一天——我心坎里痒齐齐的有些不连牵，那是我这一辈子第一次的上当，有人说是受伤，你摸摸我的胸膛。他来的时候我还不曾出世，恋爱他到底是什么一回事？By徐志摩

你再不用想我说话，我的心早沉入海水底下；你再不用向我呼唤，因为我再不能回答。除非你，除非你也来在这珊瑚骨环绕的又一世界，等待海风定时的一刻清静，你我来交互你我的幽叹。By徐志摩

非物换，到头一梦，万境归空，你还去吗？”

顽石说：“我要去。”

志摩无非就是这样的一块顽石。他同她的隔离是海一样的宽广，纵使是海一样的宽广，他也愿意日夜搬运着灰色的砖泥，在海上建筑起一座桥梁，百万年恐怕这座桥也不能筑起，但他愿意在几十年内搬运不停。

他确定了，不能空空地怅望着彼岸的奇彩，度过这样长、这样长久的一生。

你去，我也走，我们在此分手；你上哪一条大路，你放心走，你看那街灯一直亮到天边，你只消跟从这光明的直线！你先走，我站在此地望着你，放轻些脚步，别教灰土扬起，我要认清你的远去的身影，直到距离使我认你不分明，再不然我就叫响你的名字，不断地提醒你有我在这里，为消解荒街与深晚的荒凉，目送你归去。By徐志摩①

我真不知道我要说的是什么话，我已经好几次提起笔来想写，但是每次总是写不成篇。这两日我的头脑只是昏沉沉的，开着眼闭着眼都只见大前晚模糊的凄清的月色，照着我们不愿意的车辆，迟迟地向荒野里退缩。离别！怎么的能叫人相信？我想着了就要发疯，这么多的丝，谁能割得断？我的眼前又黑了！By徐志摩②

这是一个懦怯的世界，容不得恋爱，容不得恋爱！披散你的满头发，赤露你的一双脚；跟着我来，我的恋爱，抛弃这个世界，殉我们的恋爱！我拉着你的手，爱，你跟着我走；听凭荆棘把我们的脚心刺透，听凭冰雹劈破我们的头，你跟着我走，我拉着你的手，逃出了牢笼，恢复我们的自由！By徐志摩

别丢掉，这一把过往的热情，现在流水似的，轻轻。在幽冷的山泉底，在黑夜，在松林，叹息似的渺茫，你仍要保存着那真！一样是明月，一样是隔山灯火，满天的星，只有人不见，梦似的挂起，你向黑夜要回，那一句话——你仍得相信，山谷中留着，有那回音！By林徽因③

注①：据说是徐志摩写给林徽因的绝笔信。

注②：泰戈尔访华期间，徐志摩写给林徽因的信，但最终没有送到她手上。

注③：林徽因所作的为纪念徐志摩遇难四周年而创作的诗歌。最后的“回音”音同“徽因”，意味深长。

我等候你。我望着户外的昏黄如同望着将来，我的心震盲了我的听。你怎还不来？希望在每一秒钟上允许开花。我守候着你的步履，你的笑语，你的脸，你的柔软的发丝，守候着你的一切；希望在每一秒钟上枯死——你在哪里？我要你，要得我心里生痛，我要你火焰似的笑，要你灵活的腰身，你的发上眼角的飞星；我陷落在迷醉的氛围中，像一座岛，在莽绿的海涛间，不自主的在浮沉……喔，我迫切的想望你的来临，想望那一朵神奇的优昙开上时间的顶尖!你为什么不来，忍心的！By徐志摩

我信我确然是痴，但我不能转拨一只已然定向的舵，万方的风息都不容许我犹豫——我不能回头，运命驱策着我！我也知道这多半是走向毁灭的路，但为了你，为了你，我什么都甘愿；这不仅我的热情，我的仅有理性亦如此说。痴！想磔碎一个生命的纤维为要感动一个女人的心！By徐志摩

陆小曼·徐志摩

愿有岁月可回首，且以深情共白头

今天早上的时刻，过得甜极了。
我只要你，我就忘却一切，
我什么都不想、什么都不要了，
因为我什么都有了。

他是民国时期著名的风流才子，被称为“中国的雪莱”；他是那个时代很多女人的梦中情人，浪漫多情，风度翩翩。他的名字叫徐志摩。

她是20世纪30年代活跃在北平与上海滩的名媛，自幼生活在上流社会，受过良好教育。她有着姣好的容颜，优雅大方，能诗善画，是一个令人一眼难忘的女子。胡适曾说她是“一道不可不看的风景”。她的名字叫陆小曼。

他风流灵秀，满腹才华，眼神清亮如婴儿。她清秀慧黠，声音如风敲竹、荷滴露，轻柔婉转。第一次相见，他们便相谈甚欢，从文学谈到书画再到诗词，如同一对相识多年的挚友。

没多久，两人便陷入了热恋之中。徐志摩在给陆小曼的信今天早上的时刻，过得甜极了。我只要你；有你我就忘却一切，我什么都不想什么都不要了，因为我什么都有了。与你在一起没有第三人时，我最乐。坐着谈也好，走道也好，上街买东西也好。爱是甘草，这苦的世界有了它就好上口了。眉[注]，你真玲珑，你真活泼，你真像一条小龙。By徐志摩

我爱你朴素，不爱你奢华。你穿上一件蓝布袍，你的眉目间就有一种特异的光彩，我看了心里就觉着不可名状的欢喜。朴素是真的高贵，你穿戴齐整的时候当然是好看，但那好看是寻常的，人人都认得的，素服时的眉，有我独到的领略。By徐志摩

中写道："我的影子里有你的影子，我的声音里有你的声音，我的心里有你的心。鱼不能没有水，人不能没有氧，我不能没有你的爱。"

为了和徐志摩在一起，陆小曼选择和丈夫离婚。不料在等待离婚手续的时候，陆小曼才发现自己怀孕了。被爱情冲昏头脑的她，毅然决定拿掉这个孩子。她在一家德国医生开的私人诊所里做了流产手术，隐瞒了所有人，包括徐志摩。然而，手术失败了。本就孱弱的陆小曼，身体更是一蹶不振，也从此失去了做母亲的权利。

一波未平，一波又起。当徐志摩家里知道徐志摩要和陆小曼结婚时，极为反对。徐家人对陆小曼印象极其不好，认为其

注："眉"是陆小曼的小名。

听着：你现在的选择，一边是苟且暧昧的图生，一边是认真的生活；一边是肮脏的社会，一边是光荣的恋爱；一边是无可理喻的家庭，一边是海阔天空的世界与人生；一边是你的种种的习惯，寄妈舅母，各类的朋友，一边是我与你的爱。By徐志摩

眉，我写日记的时候我的意绪益发蚕丝似的绕着你；我笔下多写一个眉字，我口里低呼一声我的爱，我的心为你多跳了一下。你从前给我写的时候也是同样的情形我知道，因此我益发盼望你继续你的日记，也使我多得一点欢喜，多添几分安慰。By徐志摩

浪荡奔放，不像是会过日子的人。徐家也算海宁望族，这种事面子还是要顾及的，不过因为徐志摩的一再坚持，徐家人还是被迫开出了同意徐志摩与陆小曼结婚的条件：

一. 结婚费用自理，家里概不负担；二. 婚礼必须由胡适作介绍人，梁启超证婚，否则不予承认；三. 结婚后必须南归，安分守己过日子。

徐志摩毫不犹豫地全部同意。

结婚当天，只有喜糖，蜡烛，对联。就连酒席都没办，双方父母也没来。证婚人是梁启超，梁先生的证婚词更是震惊全场："我来这里做这个婚礼的主持人，我心里是一万个不愿意。徐志摩，你的离婚再娶就是用情不专的证明。陆小曼，你和徐

陆小曼绘画，徐志摩题字。

我有一个心，我有一个头，我心动的时候，头也是动的。我真应得谢天，我在这一辈子里，本来自问已是陈死人，竟然还能尝着生活的甜味，曾经享受过最完全，最奢侈的时辰，我从此是一个富人，再没有抱怨的口实，我已经知足。这时候，天坍了下来，地陷了下去，霹雳种在我的身上，我再也不怕死，不愁死，我满心只是感谢。即使眉你有一天（恕我这不可能的设想）心换了样，停止了爱我，那时我的心就像莲蓬似的栽满了窟窿，我所有的热血都从这些窟窿里流走——即使有那样悲惨的一天，我想我还是不敢怨的，因为你我的心曾经一度灵通，那是不可灭的。By徐志摩

志摩都是过来人，希望你今后恪遵妇道！总之我希望你们二人是最后一次结婚了。这便是我的祝福！”婚礼也随之草草结束。

那年七夕，徐志摩捧着自己和陆小曼的结婚喜帖，笑得像个历尽沧桑的老男孩。

但是，天真如赤子的浪漫诗人遇上锦心绣服、不谙世事的浪漫才女，虽能爱得荡气回肠、惊心动魄，但堕入尘世的琐碎生活，却有些麻烦。毕竟都是生活在云端的人，一个是养尊处优、挥霍成性的大小姐，一个是习惯了家人照顾、不知疾苦的大少爷。

也就是在这段时间里，徐志摩不得不为了应付生活开支而疲于奔命。他同时兼五所学校的讲师，课余还写诗撰文挣稿费，

我的胸膛并不大，决计装不下整个或是甚至部分的宇宙。我的心河也不够深，常常有露底的忧愁。我即使小有才，决计不是天生的，我信是勉强来的；所以每回我写什么多少总是难产，我唯一的靠傍是刹那间的灵通。我不能没有心的平安，眉，只有你能给我心的平安。在你完全的蜜甜的高贵的爱里，你享受无上的心与灵的平安。By徐志摩

我真恨不得剖开我的胸膛，把我爱放在我心头热血最暖处窝着，再不让你遭受些微风霜的侵暴，再不让你受些微尘埃的沾染。By徐志摩

后来又做起中介生意，帮人卖金石字画，最后连房产生意也做了，只为多挣钱供娇妻挥霍。

在得知徐志摩遇难之后，陆小曼颤抖着手写下："天长地久有时尽，此恨绵绵无绝期。"他的好，如今一一浮现，却都成了尖利的匕首，将她的心剜得鲜血淋漓。

从那以后，艳惊四座的一代名媛陆小曼逐渐洗去脂粉、脱下华裳，素颜缟衣，闭门谢客，用枯槁衰败的余生与徐志摩的书稿相伴，她整理他的文集，潜心研究画画，一过便是几十年。再也握不到他的手时，她才知道爱他爱得有多深。她的心也在得知他死讯的那一刻死去，留在世间的只不过是一具空空的躯壳。

眉，我悲极了，我胸口隐隐地生痛，我双眼盈盈的热泪，我就要你，我此时要你，我偏不能有你，喔，这难受——恋爱是痛苦的，是的眉，再也没有疑义。眉，我恨不得立刻与你死去，因为只有死可以给我们想望的清静，相互的永远占有。眉，我来献全盘的爱给你，一团火热的真情，整个儿给你，我也盼望你也一样拿整个，完全的爱还我。By徐志摩

你真的不知道我曾经怎样渴望和你两人并肩散一次步，或同出去吃一餐饭，或同看一次电影，也叫别人看了羡慕。By徐志摩

愿有岁月可回首，且以情深共白头，可这也只能是“愿”了。

自那以后，世上再无诗人徐志摩，上海再无名媛陆小曼。

两个人在一起，合不合拍很重要。所谓的门当户对不一定是指物质上的，而是指两个人有着相似的成长经历，相似的人生观和价值观，能为了相似的目标而并肩同行。

婚姻不是诗句，不是你情我愿说句“我爱你”，然后“理想主义”地过一辈子就行了。婚姻是柴米油盐酱醋茶，是“不论贫富，我愿意和你吃着粗茶淡饭，守望相依”；是“等到风景都看透，我还愿陪你，看细水长流”。

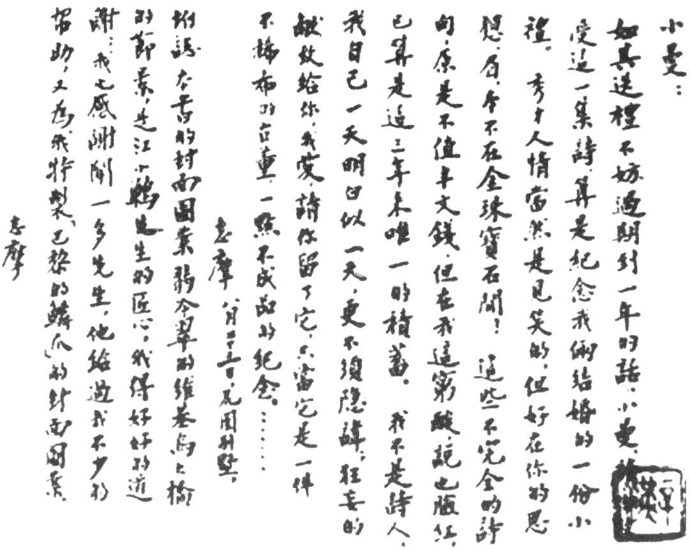
小曼：

如其送禮不妨過期到一年的話，小曼，請你收受這一集詩，算是紀念我倆結婚的一份小禮。秀才人情當然是見笑的，但好在你的思想，原不在金珠寶石間！這些不完全的詩句，原是不值半文錢，但在我這窮酸，說也臉紅，已算是這三年來唯一的積蓄。我不是詩人，我自己一天明白似一天，更不須隱諱；狂妄的虛款給你，我愛，請你留了它，只當它是一件不稀希的古董，一點不成品的紀念……

志摩 六月二十六日

附識：本書的封面圖案，張令翠的維基畫上摘的節景，是江小鶼先生的匠心，我得好好的道謝……我也感謝聞一多先生，他給過我不少的幫助，又為我特製「翡冷翠」的封面圖案。

志摩

徐志摩给陆小曼的信

摩，为你我还是拚命干一下的好，我要往前走，不管前面有几多的荆棘，我一定直着脖子走，非到筋疲力尽我决不回头的。因为你是真正的认识了我，你不但认识我表面，你还认清了我的内心。只有你，摩！第一个人能从一切的假言假笑中看透我的真心，认识我的苦痛，叫我怎能不从此收起以往的假而真正的给你一片真呢！我自从认识了你，我就有改变生活的决心，为你我一定认真地做人了。By陆小曼

我的乖！你前生作的是什么孽，今生要你来受这样惨酷的报应？无论折断一枝花，尚且是残忍的行为，何况这生生的糟踏一个最美最纯洁最可爱的灵魂？真是太难了。你的四围全是细精铁壁你便有翅膀也难飞。咳，眼看着一只洁白美丽的稚羊，让那满面横肉的屠夫擎着利刀向着它刀刀见血的蹂躏谋杀。By徐志摩

眉，我感谢上苍，因为你已经接受了我；这来我的灵性有了永久的寄托，我的生命有了最光荣的起点，我这一辈子再不能想望关于我自身更大的事情发现，我一天有你的爱，我的命就有根，我就是精神上的大富翁。因此我不能不切实的认明这基础究竟是多深，多坚实，有多少抵抗浸凌的实力——这生命里多的是狂风暴雨！By徐志摩

眉呀，我祈望我的爱是你的空气，你的饮食，有了就活，缺了就没有命的一样东西；不是鸡豆或是莲肉，有时吃固然痛快，过了时也没有多大交关，石榴柿子青果跟着来替口味多着吧！眉，你知道我怎样的爱你，你的爱现在已是我的空气与饮食，到了一半天不可少的程度，因此我要知道在你的世界里我的爱占一个什么地位？By徐志摩

有你在我的怀中，虽则不过几秒钟，我的心头便没有忧愁的踪迹；你不在我的当前，我的心就像挂灯似的悬着。你为什么不抽空给我写一点？不论多

少，抱着你的思想与抱着你的温柔的肉体，同样是我这辈子无上的快乐。By徐志摩

我来扬子江边买一把莲蓬。手剥一层层的莲衣，看江鸥在眼前飞，忍含着一眼悲泪，我想着你，我想着你，啊小龙。我尝一尝莲瓣，回味曾经的温存，那阶前不卷的重帘，掩护着销魂的欢恋，我又听着你的盟言：“永远是你的，我的身体，我的灵魂。”我尝一尝莲心，我的心比莲心苦，我长夜里怔忡，挣不开的恶梦，谁知我的苦痛！你害了我，爱，这是叫我如何过？但我不能说你负，更不能猜你变；我心头只是一片柔，你是我的！我依旧将你紧紧的抱搂；除非是天翻，但我不能想象那一天！By徐志摩

哦，眉！爱我；给我你全部的爱，让咱俩合面为一吧；在我对你的爱里生活吧，让我的爱注入你的全身心，滋养你，爱抚你无可畏惧的玉体，紧抱你无可畏惧的心灵吧；让我的爱洒满你全身，把你全部吞掉，使我能在你对我的热爱里幸福而充满信心地休息！By徐志摩

我再不能放松你，我的心肝，你是我的，你是我这一辈子唯一的成就，你是我的生命，我的诗；你完全是我的，一个个细胞都是我的。你要说半个不字叫天雷打死我完事。By徐志摩

摩!我今天很运气能够遇着你，在我不认识你以前，我的思想，我的观念，也同她们一样，我也是一样没有勇气，一样地预备就此糊里糊涂地一天天往下过，不问什么快乐什么痛苦，就此埋没了本性过一辈子完事的。自从见着你，我才像乌云里见了青天，我才知道自埋自身是不应该的，做人为什么不轰轰烈烈地做一番呢?我愿意从此跟你往高处飞，往明处走，永远再不自暴自弃了。By陆小曼

朱生豪·宋清如

醒来觉得，甚是爱你

只有你好像和所有的人完全不同，
也许你不会知道，
我和你在一起时较之和别人在一起时要活泼得多。
与举世绝缘的我，
只有你能在我身上引起感应。

在20世纪30年代，有那么一个年轻人，他很矜持，即使路上遇见意中人也只当作陌生人。但他也很浪漫，每两三天给她写一封情书。他用一支笔翻译了180万字的《莎士比亚全集》，给她写了540多封情书，他叫朱生豪，意中人叫宋清如。

如果说论文治武功，民国之“最”尚且有一番争议，但要说到写情书，民国当属朱生豪第一。

对于两人第一次相见的情景，宋清如后来回忆说：“那时，他完全是个孩子。瘦长的个儿，苍白的脸，和善、天真，自得其乐地，很容易使人感到可亲可近。”

初相识，他很矜持，在大学校园里，即使路上遇见她也只当作陌生人。他表面如死水，静默如处子，说话像蚊子；他的不要愁老之将至，你老了一定很可爱。而且，假如你老了十岁，我当然也同样老了十岁，世界也老了十岁，上帝也老了十岁，一切都是一样。By朱生豪

我应该听你的话静静一会儿的，可是这颗心没办法好想，又写信了，你要不要打我手心？今天我烦躁了整个儿的一天，回了转来，怎么也不能睡，虽没有话对你说，仍然执起笔来了。我想做诗，写雨，写夜的相思，写你，写不出。By朱生豪

内心却是一座火山，只要给他一支笔，他就能使一张纸有灵魂。

他曾赤裸裸地表白：“我是宋清如至上主义者。”

他曾婉转地表白：“希望你快快地爱上一个人，让那个人欺负你，如同你欺负我一样。”

他曾带着怨气表白：“我渴望和你打架，也渴望抱抱你。心里不痛快的时候，也真想把你抓起来打一顿才好。”

他曾孩子气地表白：“今天中午气得吃了三碗，肚子胀得很，放了工还要去狠狠吃东西，谁教宋清如不给信我？”

他曾霸道地表白：“要是世上只有我们两个人多么好，我一定要把你欺负得哭不出来。”

信笔所至，他以手写心。

你说我们前生是不是冤家？我向来从不把聚散看成一回事，在你之前，除你之外，我也并非没有好朋友，不知道为什么和你一认识之后，便像被一根绳紧紧牵系住一样，怪不自由的，心也不能像从前一样轻了，但同时却又真觉得比从前幸福得多。By朱生豪

只有你好像和所有的人完全不同，也许你不会知道，我和你在一起时较之和别人在一起时要活泼得多。与举世绝缘的我，只有你能在我身上引起感应。By朱生豪

在信里，朱生豪为宋清如取了无数个肉麻的称呼，比如："祖母大人、好人、傻丫头、无比的好人、小亲亲、宝贝、宋宋、妞妞、小鬼头儿、昨夜的梦、宋神经、你这个人、女皇陛下"。

结尾的署名也是颇为调皮，比如" 一个臭男人、你脚下的蚂蚁、快乐的亨利、白痴、猪八戒、罗马教皇、顶蠢顶丑顶无聊的家伙、丑小鸭、你的靠不住的、常山赵子龙、牛魔王"。

然而，面对朱生豪的热情表白，宋清如最初是犹疑的。宋清如内心是爱着朱生豪的，她也渴望爱情和婚姻，但她又深深地恐惧，她性格独立但又极度缺乏安全感。所以她一度拒绝了朱生豪的示爱。但在朱生豪看来，这段友谊急需升华到婚姻的层面，无论是满地打滚、撒泼打赖，反正是非宋清如不娶。

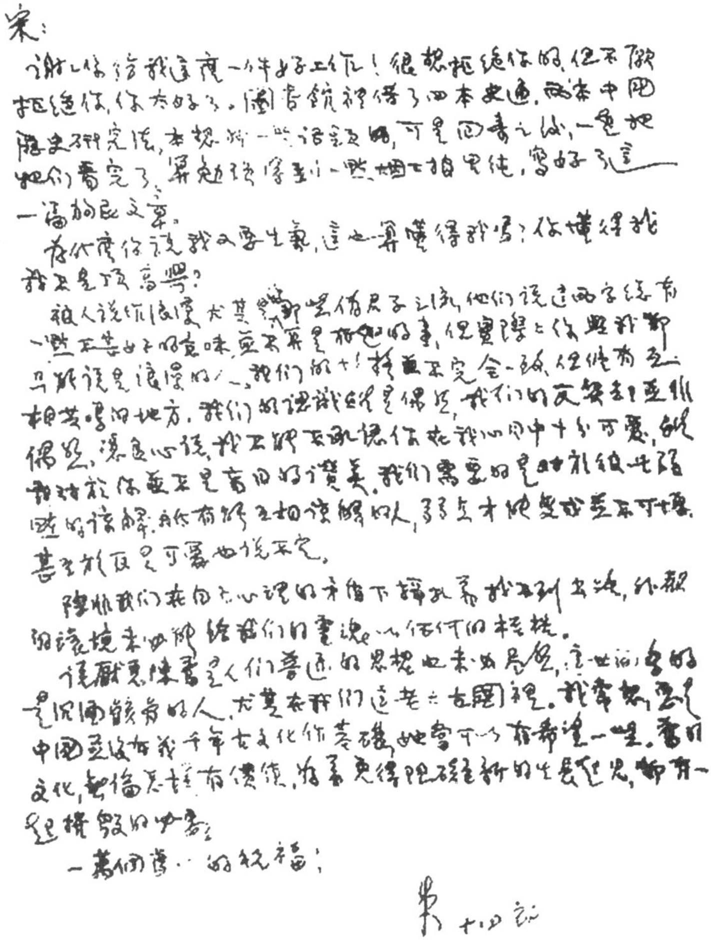
宋：

谢谢你给我这么一件好工作！很想拒绝你的，但不敢拒绝你，你太好了。图书馆里借了四本史通，两本中国历史研究法，本想抄一些语录的，可是因为书之故，一边把它们看完了，算勉强写到一些烟士披里纯，写好了这一篇胡说文章。

为什么你说我不要生气，这也算懂得我吗？你懂得我我不是顶高兴？

有人说你很像尤其是那些伪君子之流，他们说这两字总有一些不甚好的意味，并不算是称赞的事，但实际上你只我都只能说是很像的人，我们俩！精神不完全一致，但总有互相共鸣的地方。我们的认识终是偶然，我们的友爱却更非偶然，凭良心说，我不能不承认你在我心目中十分可爱，纯然对于你并不是盲目的赞美。我们需要的是对于彼此坦白的谅解，然后有能互相谅解的人，多多少才能变成并不可憎，甚至于很是可爱也说不定。

除非我们在自己心理的矛盾下挣扎着找到出路，外部的环境未必能给我们的灵魂以任何的援救。

读厌旧体书是人们普通的思想也未必是然，这世间的一切都是很可能发生的人，尤其在我们这老大古国里。我常想，要是中国再没有几千年古文化作基础，她会不会有希望一点。旧的文化，无论怎样有价值，将来更得阻碍新的生长起来，都有一些摧毁的必要。

一万个万万的祝福！

朱 十四夜

毕业之前，朱生豪写给宋清如的亲笔信之一。

不许你再叫我朱先生，否则我要从字典上查出世界上最肉麻的称呼来称呼你。特此警告。你的来信如同续命汤一样，今天我算是活转来了，但明天我又要死去四分之一，后天又将成为半死半活的状态，再后天死去四分之三，再后天死去八分之七……直至你再来信。如果你一直不来信，我也不会完全死完。我不知道你和你的老朋友四年不见面，比之我和你四月不见面哪个更长远一些？By朱生豪

打消宋清如的犹疑，朱生豪花了九年时间。他最终于1942年在上海迎娶了宋清如，一代词宗夏承焘为新婚伉俪题下了八个大字："才子佳人，柴米夫妻。"

在此后的岁月里，朱生豪心无旁骛地翻译莎士比亚的作品，生活的担子自然落在了宋清如的身上，洗衣做饭，后来经济紧张的时候，宋清如还去帮工挣钱以贴补家用，可宋清如还是很满足，并没有抱怨朱生豪，她觉得二人最好的分工是："他译莎，我烧饭。"

更难能可贵的是，宋清如还成了朱生豪的读者，朱生豪的译作她总是第一个看，还担任着校对、整理、装订的工作。夫妇二人搭档甚为默契，这时候的状态就像钱鍾书在写《围城》，而杨绛承担家务一样。

我并不真怪你，不过怪着你玩玩而已。你这人怪好玩儿的，老是把自己比作冷灰——怪不得我老是抹一鼻子灰。也幸亏是冷的，否则我准已给你烧焦了。你要是说你不待我好，即使我明知是真也一定不肯相信。但你说你待我很好，我何乐而不相信呢？By朱生豪

昨夜写了一封信，因为冷不跑出去寄，今天因为觉得那信写得……呃，这个……那个……呢？有点……呃，所以，……所以扣留不发。天好像是很冷是不是？你有没有吱吱叫？你如不爱我，我一定要哭。你总不肯陪我玩。By朱生豪

虽然朱生豪心无旁骛地拿命在翻译，但负荷的劳作也逐渐摧毁了朱生豪本就脆弱的身体。没几年，他便撒手人寰，这一年，他才三十二岁，宋清如三十三岁。

此后的日子，宋清如潜心完成朱生豪留下的手稿和未完成的翻译事业。她只能从那早已泛黄的书信中，感受朱生豪的心跳和温暖。

在朱生豪的故居门口，有一座雕塑，朱生豪与宋清如相拥在一起，彼此依偎，似乎是在喃喃细语又像是深情相望，他们就像一对神仙眷侣，望着诗意的远方，仿佛这个喧嚣的世界与他们无关，无不透露出爱意。

这座雕塑的基座上还有一句话，这是朱生豪曾写给宋清如的信，上面写道：“要是我们两人一同在雨声里做梦，那意境是

今天，没有什么好说的，上午满想睡半天，可是到十点钟仍旧起来了，读了一些……下午……天晓得我真要无聊死。我爱你，此外什么都不知道。心里异常不满足，因为写不出什么话。要是此刻你来敲门唤我，出去take a walk多好。By朱生豪

我多希望你一天到晚在我耳朵边叽叽呱呱，那么我永远不会神经衰弱。只要你不嫌吃力，一天对我讲四十八个钟点的话，我都不会厌倦。By朱生豪

如何不同，或者一同在雨声里失眠，那也是何等有味”。

深爱一个人，可以让一个清醒者迷茫；拥有别人的深爱，可以让一个迷茫者觉醒。能够慢慢培养的不是爱情，而是习惯。能够随着时间得到的，不是感情而是感动。

相爱的人，任何的吵闹、埋怨、猜忌、孩子气等行为，都是合理正常的。再完美的人，一旦爱了，也一样像个孩子，偶尔自私，偶尔奢望……

如果有个人这样地爱着你，千万要珍惜。

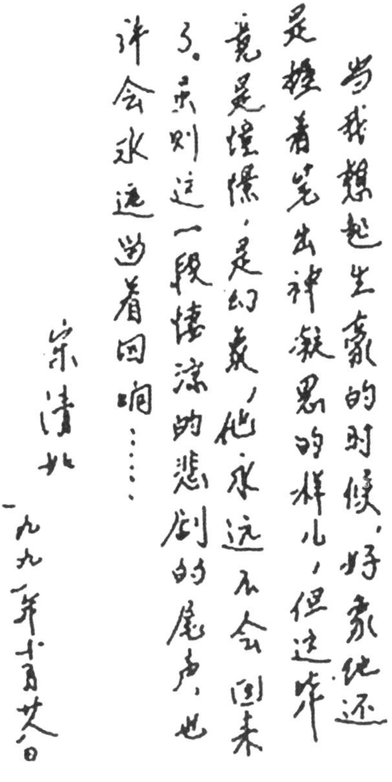
当我想起生豪的时候，好象他还是握着笔出神凝思的样儿，但这仍竟是憧憬，是幻象，他永远不会回来了。虽则这一段凄凉的悲剧的尾声，也许会永远留着回响……

宋清如

一九九一年十月廿八日

宋清如回忆朱生豪的文章

我们都是世界上多余的人，但至少我们对于彼此都是世上最重要的人。我一天一天明白你的平凡，同时却一天一天愈更深切地爱你。你如同照镜子，你不会看得见你特别好的所在，但你如走进我的心里来时，你一定能知道自己是怎样好法。By朱生豪

这里的一切都是丑的，风、雨、太阳，都丑，人也丑，我也丑得很。只有你是青天一样可羡。By朱生豪

等到再看见你时，我又老了一百岁了。作算我再能看见你三十次，作算每次都是整整的一天，作算我们还有三十年好活，那么我还有10927.5天看不见你，30天看见你，这比例叫人气馁。By朱生豪

为什么我一想起你来，你总是那么小，小得可以藏在衣袋里？我伸手向衣袋里一摸，衣袋里果然有一个宋清如，不过她已经变成一把小刀（你古时候送给我的）。By朱生豪

我找到了你，便像是找到了我真的自己。如果没有你，即使我爱了一百个人，或有一百个人爱我，我的灵魂也仍将永远彷徨着。你是独一无二的。我将永远永远多么多么地欢喜你。要是你真比我大，那么我从今后每年长两岁，总会追及你。By朱生豪

凡未认识你以前的事，我都愿意把它们编入古代史里去。你在古时候一定是很笨很不可爱的，这我很能相信，因为否则我将伤心不能和你早些认识。我在古时候有时聪明有时笨，在第十世纪以前我很聪明，十世纪以后笨了起来，十七八世纪以后又比较聪明些，到了现代又变笨了。By朱生豪

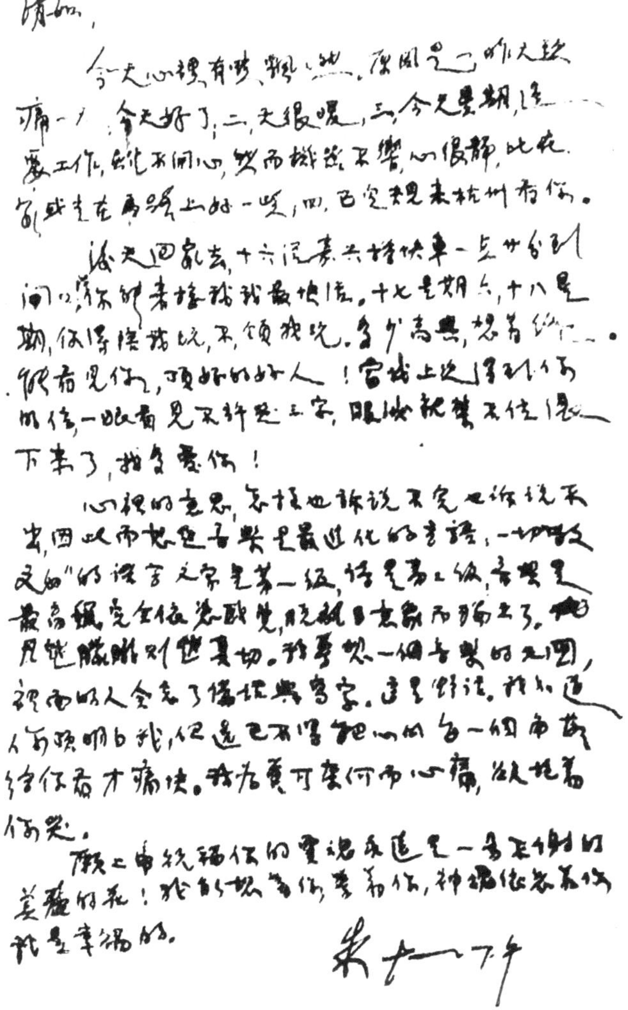
清如，

今天心裡有些難過，原因是一、昨天跌痛一處今天好了，二、天很暖，三、今天星期六，還要工作，雖不開心，然而擁擠不覺心很靜，比在前些走在馬路上好一些，四、已定規來杭州看你。

後天回家去，十六沉春去接快車一點卅分到閘口，希你肯來接我我最快活。十七是星期六，十八是星期，你得陪我玩，不領我玩。多少高興，想著你們……能看見你，頂好的好人！當我上次得到你的信，一眼看見不許然二字，眼淚就禁不住流下來了，我多愛你！

心裡的意思，怎樣也說說不完也說說不出，因此而想起音樂是最進化的言語，一切散文的語言文字是第一級，詩是第二級，音樂是最高級完全依靠感覺，脫離了表象而獨立了。凡能瞭解的對世真切。我夢想一個音樂的天國，裡面的人全忘了語言與文字。這是好的，我不願人家明白我，但願你可以懂得我的心的每一個角落給你看才痛快。我真可奈何而心痛，欲抱著你哭。

願上帝祝福你的靈魂永遠是一朵美麗的花！我希望等你愛著你，神祝福你永遠你，我是幸福的。

朱　下午

摘自《朱生豪情书全集》第十四封

但愿来生我们终日在一起，每天每天从早晨口角到夜深，恨不得大家走开。By朱生豪

从心底里感激你给我的那两张照片，取景、位置、光线都很好。照片上的女郎可爱极了，你愿不愿意为我介绍？看她的样子很聪明、很懂事，而且会作诗，也许很凶。By朱生豪

接到你的信，真快活，风和日暖，令人愿意永远活下去。世上一切算得什么，只要有你。By朱生豪

我爱你也许并不为什么理由，虽然可以有理由，例如你聪明，你纯洁，你可爱，你是好人等，但主要的原因大概是你全然适合我的趣味。因此你仍知道我是自私的，故不用感激我。By朱生豪

有闲生活和龌龊的小弄崎岖的街道，都是我所不能惬意之点。但(苏州和常熟)两地山水秀丽，吃食好，人物美慧，都是可以称美的地方。如果两地中我更爱常熟，那理由当然你明白，因为常熟产生了你。By朱生豪

以前我最大的野心，便是成为你的好朋友；现在我的野心，便是希望这样的友谊能持续到死时。谢谢你给我一个等待。做人最好常在等待中，须是一个辽远的期望，不给你到达最后的终点。但是一天比一天更接近这目标，永远是渴望。不实现，也不摧毁。每发现新的欢喜，是鼓舞，而不是完全的满足，顶好是一切希望化为事实，在生命终了的一秒钟。By朱生豪

醒来觉得甚是爱你。这两天我很快活，而且骄傲。你这人，有点太不可怕。尤其是，一点也不莫名其妙。By朱生豪

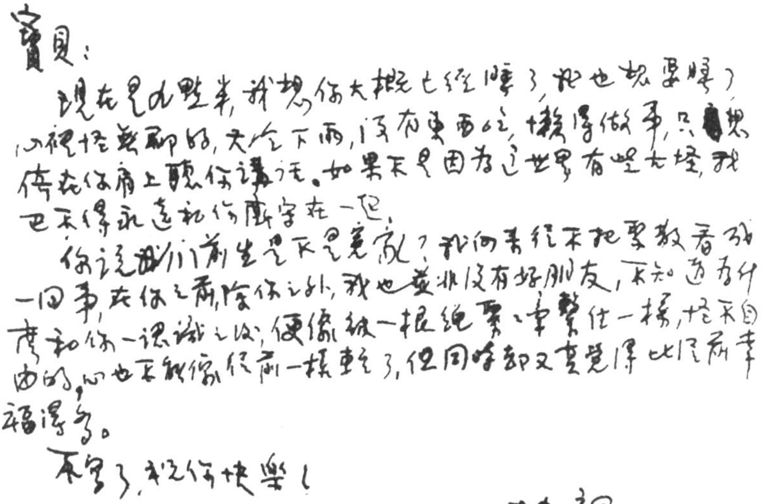

寶貝：

現在是九點半，我想你大概已經睡了，我也就要睡了。心裡怪無聊的，天冷下雨，沒有東西吃，懶得做事，只想倚在你肩上聽你講話。如果不是因為這世界有些太壞，我也不得永遠和你廝守在一起。

你說我們前生是不是冤家？我們常常不想要教看破一回事，在你之前除你以外，我也並非沒有好朋友，不知道為什麼和你一認識之後，便像被一根繩子拴住一樣，再不自由的，心也不能像從前一樣輕了，但同時卻又覺得比從前幸福得多。

不寫了，祝你快樂！

也旭

朱生豪写给宋清如的情书

如果我想要做一个梦，世界是一片大的草原，山在远处，青天在顶上，溪流在足下，鸟声在树上，如睡眠的静谧，没有一个人，只有你我，在一起跳着、飞着、躲着、捉迷藏，你允不允许？因为你不允许我做的梦，我不敢做的。我不是诗人，否则一定要做一些可爱的梦，为着你的缘故，我多么愿意自己是个诗人，只是为了你的缘故。By朱生豪

你当然是很好的，否则我怎么会爱你？至少你是如此中我的意，使我不再希望有一个比你更好的人。By朱生豪

庐隐·李唯建

宁负流年不负卿

你的心是我生命的发源地，
你要我忘了你，
除非你毁掉我的生命。

要说才女，民国甚多，但能够和萧红、张爱玲、石评梅一起被人并称“才女”的，庐隐是最不被人所知，但也是当仁不让的一位。论“人生之悲惨”，她不比萧红差几分；论“敢爱敢恨”，她也不输给张爱玲。张扬跋扈，又有一身的倔脾气，这位性格鲜明的奇女子，对待爱情也是惊世骇俗的。

庐隐的童年很惨，出生当天，外祖母去世了，她被当成了灾星。4岁那年，因为哭哭啼啼，差点被父亲扔进江流之中。带着怨恨长大的庐隐有着与年龄不相称的强大内心。

为了第一份爱情，她与母亲唱对台戏，不在乎那人穷。她对母亲说：“我情愿嫁给他，将来命运如何，我都愿承受。”不料这个她肯奋不顾身去嫁的男人竟想要变成军阀政府的政客，

你的心是我生命的发源地，你要我忘了你，除非你毁掉我的生命。By庐隐

呵，我哭了。哭出过喜的眼泪，呵，我心中有美丽鲜花一朵——那是你对我的明白与怜爱。现在你哟，我以为比一切一切万汇都伟大，我便愿终生在你这种伟大无边的智慧之光中当一只小鸟或一个小蝶，朝晨唱唱歌，中午翩翩地在花丛中飞舞。By李唯建

庐隐一怒之下解除了婚约，让他“另请高明”。

为了第二份爱情，她与世俗道德唱对台戏，不在乎那人有家室。她对他说：“只要有爱情，你有妻子也不要紧。”不料这个她敢爱的男人竟突然抱病身亡，而她只能带着累累心伤，远走他乡。

但没过多久，她遇见了第三份让她奋不顾身的爱情，他叫李唯建。更准确的说，是李唯建追求的她。那时候，她对爱情近乎不抱期望，却不料这个小她九岁的男生，既有诗情，又懂温柔。“从前，我是决意把自己变成一股静波一直向死的渊里流去，而现在，我觉得这是太愚笨的勾当。这一池死水，我要把它变活，兴风作浪。”她这样说。

我俩此后是在苦难的人生道上互相提携之伴侣。希望你来，快来，我牵着你的手，你便跟着我走，走向神秘的道上，走到神秘的世界，神秘的世界没有快乐没有悲伤，只有人的赤裸裸的心。By李唯建

我极想抓住你——最初我虽然不敢相信我能，但是现在我觉得我非抓住你不可，因为你，我可以增加生命的勇气与意义；因为你，我可以为世界所摒弃而不感到凄惶；因为你，我可以忍受人们的冷眼。在这个世界，只要有一个知己，便一切都可无畏，便永远不再感到孤单。By庐隐

那时的她，已经在北京的作家圈子里小有名气。当初她与初恋情人解除婚约，随后又大胆地嫁给有妇之夫“做小”，如今，新寡的她又带着前夫的孩子与一个小她九岁的大学生恋爱，这是一桩货真价实的爆炸性桃色新闻。可是庐隐却觉得，身边的男人从未有一人似李唯建，一心一意只对她温柔。

庐隐还是爱了，她依然是不顾一切地去爱。在与李唯建结婚之后，为了反抗世人的流言蜚语，她甚至辞去了教职，和李唯建东渡日本。

用庐隐自传中的话说：“什么礼教，什么社会的讥弹，都从我手里打得粉碎了。我们洒然地离开，宣告了以真情为基础的结合，翱翔于蓬莱仙境，从此以后，我的笔调也跟着改变。”

你是我的宗教，我信仰你，你是我的寄托。我一个无人照料的天真小孩，如今飞也似的伏进你的胸中。By李唯建

谁知道竟那么巧，你是轻轻悄悄走到我的面前，你好像落在地窖里的一颗亮星——你的光芒使我惊疑，我不相信这颗星单是可怜我处于幽暗而来照耀，我以为他不过是无意中来到这里玩玩，说不定什么时候他仍然要腾空而去的。如果你哪一天飞去，我情愿而死，纵不能死，我也情愿当瞎子，我不愿意看见别人在你照耀之下。By庐隐

李唯建似乎来得太晚了，但又似乎刚刚好。他如同阳光，照彻了庐隐她的幽秘和阴暗。在化名“冷鸥”和“异云”的情书通信中，庐隐觉得她遇见了一个把她看透的人。

这些爱意绵绵的书信共68封，后来集结出版，名为《云鸥情书集》。庐隐说这68封书信“没有一篇、没有一句，甚至没有一个字，是造作出来的。”

这时的庐隐逐渐从‘重浊肮脏的躯骸中逃逸出来了”，她成了一朵花，一只鸟，一阵清风，一颗亮星。她觉得“前面有一盏光明的灯，前面有一杯幸福的美酒，还有许多青葱的茂林满溢着我们生命的露滴”“宇宙从此绝不再暗淡了”，一度幽怨郁闷的庐隐重又变回了昔日快乐奔放的“孟尝君”。

我握着你的心，我听你的心音，忽然轻忽然重，忽然热忽然冷，有时动有时静，我知道你最晰清。By李唯建

我的心，这一颗多伤，跳得不规则的心，从前跳，跳，单独地跳，跳出单独的音调；自从认识你后，渐渐地跳，跳出双音来。By李唯建

她甚至开始认为，这寒凉的世界虽然风卷黄叶，雨打枯荷，但还不是一团糟糕。只要有爱情的温慰，烹文煮字以疗饥的生涯也不算太苦。她说："在我的生命中，我是第一次看见这样锐利的人物，而我呢，满灵魂的阴翳，都被他的灵光，一扫而空……"

然而，这样的好日子仅仅只有四年的光景。当人们以为她可以就这样阳光下去，幸福下去的时候，她却突然死于难产，年仅36岁。

对庐隐来说，一丈之外全是爱情，哪怕这样的日子只有一天，她也是断不想逃避的。

自从认识你以后，我的心似乎有了一点东西，也许是一把钥匙，也许是一阵风，我的心不安定呢。我觉得有一个美丽的幻影在我面前诱惑，发誓纵使这幻影终究是空虚而苦痛的，但是我为了他醉人的星眸，我要追逐他。By庐隐

我们原是一对同命运的鸟儿，希望我们谁也不拆散我们共同的命运。有快乐分享，比较独乐更快乐些；有痛苦分忧，要比较独苦可以减轻些；让我们是相助的盲跛吧。By庐隐

《楞严经》中有语："汝负我命，我还汝债，以是因缘，经百千劫常在生死。"人生有时候就是这样，背着前世的因缘，却因为另一个人而重生。

你遇到的人很好，那是在坏透之后，你遇到的人很坏，那是在变好之前。爱情的天意不在于上天让你遇见了谁，他还是那个他，只在于你在哪年、哪月、哪里遇见了他。

不要在乎他遇见你之前的颠沛流离，也不要为自己满目疮痍叫冤，这个世界，总有一个人，等着与你在对的时间，相遇，相爱。

杨绛·钱锺书

你清风白露守我百岁无忧，我凤冠霞帔许你此生不渝我见到她之前，从未想到要结婚；
我娶了她几十年，从未后悔娶她，
也未想过要娶别的女人。

1932年3月的一天，杨绛在清华大学古月堂的门口，幸运地结识了大名鼎鼎的清华才子钱鍾书。在杨绛的眼里，当时钱鍾书穿着青布大褂，脚穿一双毛布底鞋，戴一副老式眼镜，目光炯炯有神，谈吐机智幽默，满身浸润着儒雅气质。而在钱鍾书的眼里，她“缬眼容光忆见初，蔷薇新瓣浸醍醐”，浑身上下散发着一股清新脱俗的气息。两人一见如故，侃侃而谈。

有意思的是，再次见面时，钱鍾书的第一句话就是：“我没有订婚。”而杨绛答：“我也没有男朋友。”于是两人便开始鸿雁传书，就这样谈起了恋爱。

钱鍾书文采斐然，写的信当然是撩人心弦的情书，杨绛的那颗芳心被迅速融化。有一次，杨绛的回信落在了钱鍾书父亲钱基博老先生的手里。钱父好奇心突发，悄悄拆开信件，看完喜不自禁。原来，杨绛在信中说："现在吾两人快乐无用，须两家父母兄弟皆大欢喜，吾两人之快乐乃彻始彻终不受障碍"，钱父大赞："此诚聪明人语！"

在钱父看来，杨绛思维缜密，办事周到，这对于不谙世事的儿子，是可遇不可求的贤内助。后来的婚姻生活也确实如钱父预料和期待的那样，在一个单纯温馨的学者家庭，两人过着"琴瑟和弦，鸾凤和鸣"的围城生活。

1935年，钱鍾书获得公费留学资格，但是从小家境优越的钱鍾书在生活方面十分笨拙，杨绛曾这样描述过钱鍾书："不会打蝴蝶结，分不清左脚右脚，拿筷子只会像小孩儿那样一把抓。"

这样的钱鍾书自己生活实在是令人担忧，为了能够照顾好钱鍾书的日常起居，还没毕业的杨绛决定与钱鍾书结伴到英国牛津大学求学，但是由于学费过于昂贵，她在牛津只是一个旁听生。后来钱鍾书做学问、写《围城》，杨绛全身心地照料着钱鍾书的起居，就连换灯泡这种印象中应该男人处理的事情也被曾经娇生惯养的富家小姐杨绛接管。

后来，钱鍾书在《围城》的序中写道："这本书整整写了两年。两年里忧世伤生，屡想中止。由于杨绛女士不断的督促，替我挡了许多事，省出时间来，得以锱铢积累地写完。照例这本书该献给她。"

连钱鍾书的母亲都感慨这位儿媳："笔杆摇得，锅铲握得，在家什么粗活都干，真是上得厅堂，下得厨房，入水能游，出难道我监禁你？还是你霸占我？你闯进我的心，关上门又扭上锁。丢了锁上的钥匙，是我，也许是你自己。从此无法开门，永远，你关在我心里。By钱锺书[注]

水能跳，锺书痴人痴福。”

杨绛虽为钱锺书放弃了许多，但是她个人的风采是不可能被埋没的。她创作的话剧《称心如意》曾盛况空前，她翻译的《堂吉诃德》，被誉为“最好的中文译本”。以至于《围城》连载后，人们问：“钱锺书是谁？”便有人答：“杨绛的丈夫。”

后来，《围城》的价值被人们慢慢地发掘，人们提到两人时，又从“杨绛的丈夫”改口成了“钱锺书的妻子”。

但是在钱锺书的心里，杨绛永远是“最贤的妻，最才的女”。

后来，钱锺书与女儿相继住院，全靠杨绛一人悉心照料。当时，钱锺书住在北京医院，钱瑗住在西郊的医院，父女俩相

注：摘自《围城》

隔大半个北京城的距离，让已是八十多岁的杨绛来回奔波，十分辛苦。

那时候的杨绛说："钟鍾书病中，我只求比他多活一年。照顾人，男不如女。我尽力保养自己，争求'夫在先，妻在后'，错了次序就糟糕了。"

三年之后，被杨绛称为"我平生唯一杰作"的爱女钱瑗去世。还没从悲伤中复原的杨绛，在第二年又送走了钱鍾书。以前钱鍾书曾对杨绛说过："从今以后，咱们只有死别，没有生离。"

这一次分离，果然是以死别告终。

那时候的杨绛又说："鍾书逃走了，我也想逃走，但是逃到哪里去呢？我压根儿不能逃，得留在人世间，打扫现场，尽我

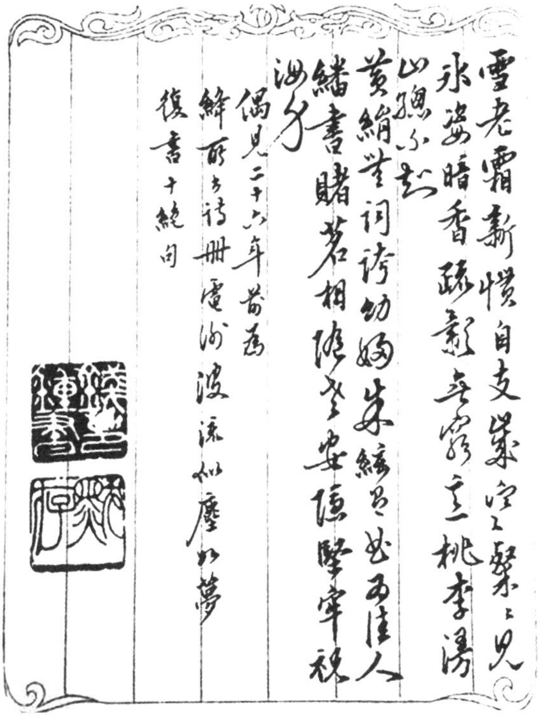

钱锺书和杨绛之间有一个恩爱且有趣的约定：互为对方出版的新书题字。

图为钱锺书为杨绛新书题字。

应尽的责任。”从此，杨绛深居简出，很少接待来客，开始悉心整理钱锺书的手稿。

钱锺书曾用一句话，表达过他对杨绛的爱情：“我见到她之前，从未想到要结婚；我娶了她几十年，从未后悔娶她，也未想过要娶别的女人。”他概括他与杨绛的关系是“绝无仅有地结合了各不相容的三者：妻子、情人、朋友。”

这对文坛伉俪的爱情，不仅有碧桃花下、新月如钩的浪漫，更融合了两人心有灵犀的默契与坚守。纵然斯人已逝，而杨绛先生的深情依旧在岁月的轮回中静水流深，生生不息。

很多时候，人与人的缘分，只一面就足够了。因为，他注定是你今生要携手一生的人。这个人，最好是那能够和你并肩立在船头，浅斟低唱两岸风光，同时更能在惊涛骇浪中紧紧握住你的手不放的人。

他在哪里，家就在哪里。如果他决定闯荡世界，你风里雨里陪着他。

爱，本就是时光悠悠，彼此携手，再安然老去；本该是年华似水，今生只与他温柔相待，双宿双栖。

鲁迅·许广平

容颜老去还是爱你如初，繁华落尽依然不离不弃

我寄你的信，总要送往邮局，
不喜欢放在街边的绿色邮筒中，
我总疑心，那里会慢一点。

第一次见到鲁迅时，许广平对鲁迅的印象并不算太好。其他教授都穿戴整洁，唯独他一身补丁，裤子两个膝盖上一块蓝一块紫，皮鞋也不例外，都补得跟鲤鱼鳞片似的。而且他头发很长，还是个平顶。同学们纷纷交头接耳，掩嘴议论，取笑他像个乞丐。

是的，这个后来和她白头偕老的人，初相遇时，并不是光芒万丈的。

然而，当鲁迅用一口浓重的绍兴普通话，不慌不忙地开讲中国小说史时，台下安静了。从此，许广平总是坐在第一排，听鲁迅讲一个小时的中国小说史。

当然了，那个时候，严肃认真充满着黑色幽默的鲁迅先生此刻是十二点，却很静，和上海大不相同。我不知乖姑（注）睡了没有？我觉得她一定还未睡着，以为我正在大谈三年来的经历了。其实并未大谈，我现在只望乖姑要乖，保养自己，我也当平心和气，度过预定的时光，不使小刺猬忧虑。By鲁迅

恐怕怎么都想不到，这个坐在第一排听他讲课，看起来青涩稚嫩的女学生，有朝一日，竟然成了自己的爱人。

他们的爱是从书信开始的，也是在书信中加深的。这些书信便是后来的《两地书》。

在那个没有手机，没有网络的年代，这些书信便是爱情最初的模样。

《两地书》也是两地情，一页一页翻过，有一寸一寸的感动，但它没有陆小曼与徐志摩的爱恨缠绵，没有张兆和与沈从文的柔情似水，有的只是平凡。一如鲁迅在序言里所写："如果一定要恭维这本书的特色，那么我想，恐怕是因为它平凡罢。"

那时候，听他讲课的女学生很多，他便向许广平承诺说，"决

注：鲁迅对许广平的爱称。

现在执笔写信给你的，是一个受了你快要两年的教训，是每星期翘盼着希有的，每星期三十多点钟中一点钟小说史听讲的，是当你授课时，坐在头一排的坐位，每每忘形地直率地凭其相同的刚决的言语，在听讲时好发言的一个小学生。他有许多怀疑而愤懑不平的久蓄于中的话，这时许是按抑不住吧，所以向先生陈诉。By许广平（注）

滔滔不绝很容易，可我只想和你在一个慢下来的世界里交谈。By鲁迅

定目不斜视”；收到她的来信，他说“高兴极了”；许广平送给他一个印章，他特地买一盒极好的印泥，来配此章；许广平寄给他一件自己织的毛背心，他回信“暖暖的，冬天的棉衣可省了”；许广平喜欢吃杨桃，他也特意要尝尝；许广平想要两本书，他当即去买，并回信“遵来命，年底面呈”；面对周遭的闲言碎语，他坚持将许广平的工作安排在同校，高调回应“我想即同在一校也无妨，偏要同在一校，管他妈的。”

婚后的许广平则全然地回报了鲁迅当初的理解和照料。

她甘愿变成鲁迅的“保姆”。把所有的时间和青春，都跌落横陈于照顾他的日常起居。

她还是鲁迅的护士，更是鲁迅的助理。她阅览别人给他的

注：据说是许广平给鲁迅的第一封信。

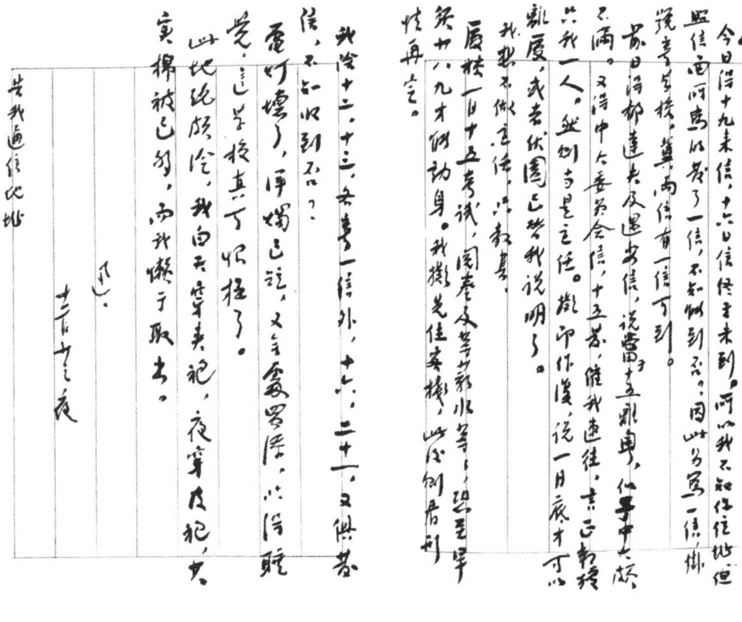
广平兄：

今日得十九来信，十六日信倒未到，所以我不知你住址，但照信面所写的寄了一信，不知收到否？因此另写一信，挂号寄学校。算来两信有一信可到。

前日得郁达夫及遇安信，说当于十五离粤，似乎中大颇不满。又得中大委员会信，十五发，催我速往，云已聘只我一人。然则当是主任。撒卯作复，说一月底才可以离厦，或者伏园已替我说明了。

我想不做主任，只教书。

厦校一月十五考试，阅卷及算分数等等，恐至早须廿八九才能动身。我想先住客栈，此后则看情再定。

我除十二、十三、各寄一信外，十六、二十一，又俱寄信，不知收到否？

电灯坏了，洋烛已讫，又无处买，只得睡觉。这学校真可恨极了。

此地现颇冷，我白天穿夹袍，夜穿皮袍，其实棉被已够，而我懒于取出。

迅。

十二，廿三夜

告我通信地址

鲁迅致许广平的信

你的乖姑甚乖，这是敢担保的，乖姑的乖处就在听话，小心体谅小白象（注：许广平对鲁迅的爱称。）的心，自己好好保养，也肯花些钱买东西吃，也并不整天在外面飞来飞去，也不叫身体过劳，好好地，好好地保养自己，养得壮壮的，等小白象回来高兴，而且更有精神陪他。By许广平

所有书、报、信，重要的转述给他听，收电费的一按门铃，她就急忙往下跑，生怕别人打扰他。

她更是他的营养师，鲁迅的饭在楼上单开一桌，每一餐许广平都用小碟盛着，亲自端到楼上去。常常是一碟豌豆苗或菠菜或苋菜，外带一些黄花鱼或者鸡。鸡肉是从全鸡身上最好的一块地方拣下来的肉；若是鱼，也是她细细挑选最好的，放在碟子里。

与鲁迅一家相熟的萧红回忆他们的生活："许先生用筷子来回地翻着楼下的饭桌上菜碗里的东西，菜拣嫩的，不要茎，只要叶，鱼肉之类，拣烧得软的，没有骨头没有刺的。心里存着无限的期望，无限的要求，用了比祈祷更虔诚的目光……"许广平对鲁迅的爱可见一斑。

看现在的情形，我们的前途似乎毫无障碍，但即使有，我也决计要同小刺猬跨过它而前进的，绝不畏缩。By鲁迅

我的心分外地寂寞，然而我的心很平安。没有爱憎，没有哀乐，也没有颜色和声音。By鲁迅

鲁迅与甘于平庸的许广平，除了隔着20年沉重的岁月，还隔着悬殊的社会地位，他们太难找到平衡点，所以，一个总是高，一个总是低。

许广平说：“因为你是先生，我多少让你些，如果是年龄相仿的对手，我不会这样的。”

鲁迅则说：“相依为命，离则两伤。”

就在二人婚后的第十年，鲁迅病逝于上海大陆新村寓所。生命的最后一刻，他握着许广平的手，对她说：“忘记我，管自己的生活。”

然而，她终究是违背了他的遗愿。她在鲁迅活着的时候照顾他的生活，他走了，她开始照料他的文字，以及他崇高而未

一天又快过去了，我记得你那句总陪着我的话，我虽一个人，也不害怕了。两天天快亮就醒了，这是你要睡的时候，我总照常地醒来，宛如你在旁，预备着要睡，又明知你是离开。但古怪的感情，这个味道叫我如何描写？好在转瞬天就亮了，过些时我就起床了。By许广平

遂的梦想。至于自己的生活究竟是什么，她早已不在乎了。

诚如她在鲁迅逝世十周年的悼词中写的那样："呜呼先生，十载恩情，毕生知遇，提携体贴，抚盲督注。有如慈母，或肖严父，师长丈夫，融而为一。呜呼先生，谁谓荼苦，或甘如饴，唯我寸心，先生庶知。"

曾经的师生，后来的夫妻。许广平和鲁迅，从陌生到知心，从知心再回归平淡。纵然有过唏嘘，可芸芸众生谁不是这么过来的？

两个人要在一起一辈子，很多事情不是靠爱情就能维系的。爱得太激烈，往往不会长久。到最后，能够白头偕老的一对人，多数是因为他们之间除了爱之外，还有许多之间的迁就，大到

我寄你的信，总要送往邮局，不喜欢放在街边的绿色邮筒中，我总疑心，那里会慢一点。By鲁迅

现在已两点钟，遥想小刺猬或在南边也已醒来，但我想，因为她乖，一定也即睡着的。By鲁迅

世界观、人生观，小到一碗汤的咸淡，以及对彼此那些合理或者不合理的小脾气的理解。

恋爱的时候，两个人像是在战场上，要打起精神，互为目标去攻克、去讨好、去求饶。然而，走进婚姻，两个人就要做战友，一起对抗世事无常。

爱不是披荆斩棘，而是甘之如饴，爱不是轰轰烈烈的誓言，而是平平淡淡的陪伴。爱是容颜老去还是爱你如初，繁华落尽依然不离不弃。

萧红·萧军

人生自是有情痴，此恨不关风与月

人世间，
没有缘分或者缘分尽了的两个人，便各奔东西，
只要有一点点缘分的，
老天就会赐给他们那个共同的心愿："执子之手，白头到老。"

有关萧红的故事，大多有这样一段：她与未婚夫同居于哈尔滨一旅店，因欠了巨额费用，后者逃离，旅店老板威胁要将已怀孕的萧红卖进妓院。情急之下她向报社写信求救，萧军前往探望，二人互生好感，他努力救她逃离苦海。于是，文学史遂有珠联璧合的"二萧"。

萧军后来回忆，说他第一次与萧红会面时，触动他心弦的不是她孱弱的身体和凄凉的经历，而是散落在她床上的几张信纸，纸上有萧红的短诗，还有几幅美术图案和魏碑体的美术字。

他说："这时候，我似乎感到世界在变了，季节在变了，人在变了，当时我认为我的思想和感情也在变了……我马上暗暗决定和向自己宣了誓：我必须不惜一切牺牲和代价——拯救她！拯救这颗美丽的灵魂！这是我的义务……"

听说，你近来的喝酒是在报复我的吃烟，这不应该了，你不能和一个草叶来分胜负，真的，我孤独得和一张草叶似的了。我们刚来上海时，那滋味你是忘记了，而我又在开头尝着。因为下雨所以你想我了，我也有些想你呢！这里也是两三天没有晴天。By萧红

被拯救的萧红同样佩服萧军的才华，更为他的出现而激动，她仿佛抓住了自己的救命稻草，她画地为牢，也注定了她往后为情所困的命运。

他们很快相爱了，爱好文字的他们相扶着走在充溢着贫穷饥饿却很快乐的大道上，她的文字里有他的影子，他的文字里也离不开她。

才华横溢的萧红痴痴地以为，只要自己一心一意地爱着萧军，他也会一心一意地爱着自己。可萧军骨子里就是那种很容易爱上别人的人，因为他一直信奉“爱便爱，不爱便丢开”。

他们相伴的六年里，萧军是绯闻不断，萧红的痛苦则无处可藏。他们相处第四年的7月，萧红接受了鲁迅的建议，东渡日

不得了了！已经打破了纪录，今已超出了十页稿纸。我感到了大欢喜。但，正在我写这信，外边是大风雨，电灯已经忽明忽灭了几次。我来了一个奇怪的幻想，是不是会地震呢？三万字已经有了二十六页了。不会震掉吧！这真是幼稚的思想。但，说真话，心上总有点不平静，也许是因为你不在旁边。我的表已经十点一刻了，不知你那里是不是也有大风雨？By萧红

本。她想通过自己的离开，希望借助别离的空间，挽救濒临灭绝的感情。

刚到日本的时候，他们俩的感情一度好转。萧军在青岛遇到几片好看的树叶子，会漂洋过海地寄到日本去，而萧红呢，在空闲的时候，也会做一只手绢，绣满思念的密码，寄给萧军。

在萧红写给萧军的信尾处，萧红的落款也透露着许多好玩的信息。比如她的署名。

萧红最有趣的两个署名，一个是“小鹅”，一个是“小海豹”。两个名字都是萧军给起的外号。

称呼她“小鹅”，是因为萧红一遇到开心的事情就一只小鹅一样，两翅张起来上下舞动。称呼她“小海豹”，则是因为她很喜欢睡觉，平常一至九十点钟就要睡了，而且连打哈欠，一

像春天的燕子似的，一嘴泥，一嘴草，我和我的爱人终于也筑成了一个家。By萧军

你是这世界上真正认识我和真正爱我的人！也正为了这样，也是我自己痛苦的源泉，也是你的痛苦源泉。可是我们不能够允许痛苦永久地啮咬我们，所以要寻求各种解决的法子。By萧红

打哈欠两只大眼睛的下眼睑就堆满了泪水，加上她近圆形的小脸……俨然一只趴在水边亮着一双水汪汪大眼睛的小海豹。

在日本期间，萧红为萧军写了几十封书信，倾诉着她对他那很深的爱和她心里很深的苦。

然而，等到萧红回国后，马上要面对的是萧军移情别恋的事实。

后来的萧红，一边避着见萧军，一边又坚持给萧军写信。她无法相信感情真的可以这样断掉，在信里，她将自己的内心染成了黑色。她说："我虽写信并不写什么痛苦的字眼，说话也尽是欢快的话语，但我的心就被浸在毒汁里那么黑暗，浸得久了，或者我的心会被淹死的。我知道这是不对，我时时在批判

我只想过正常的老百姓式的夫妻生活。没有争吵，没有打闹，没有不忠，没有讥笑，有的只是互相谅解、爱护、体贴。By萧红

海上的颜色已经变成黑蓝了，我站在船尾，我望着海，我想这若是我一个人怎敢渡过这样的大海！By萧红

着自己，但这是情感，我批判不了。”

离开萧军后的萧红如同丢了魂魄，她只活了31岁，留下“半生尽遭白眼冷遇，身先死，不甘，不甘”的遗言。

上天造就了萧军这样多情的男人，必要造就一个萧红这样痴情的女人，然后让他们在芸芸众生中不断地寻觅，不断地碰撞，最后找到另一个人相识相爱或者相伴相爱。

人世间，没有缘分或者缘分尽了的两个人，便各奔东西，只要有一点点缘分的，老天就会赐给他们那个共同的心愿：“执子之手，白头到老。”

实际上，男人和女人的恩爱，无所谓秀，它是修出来的。

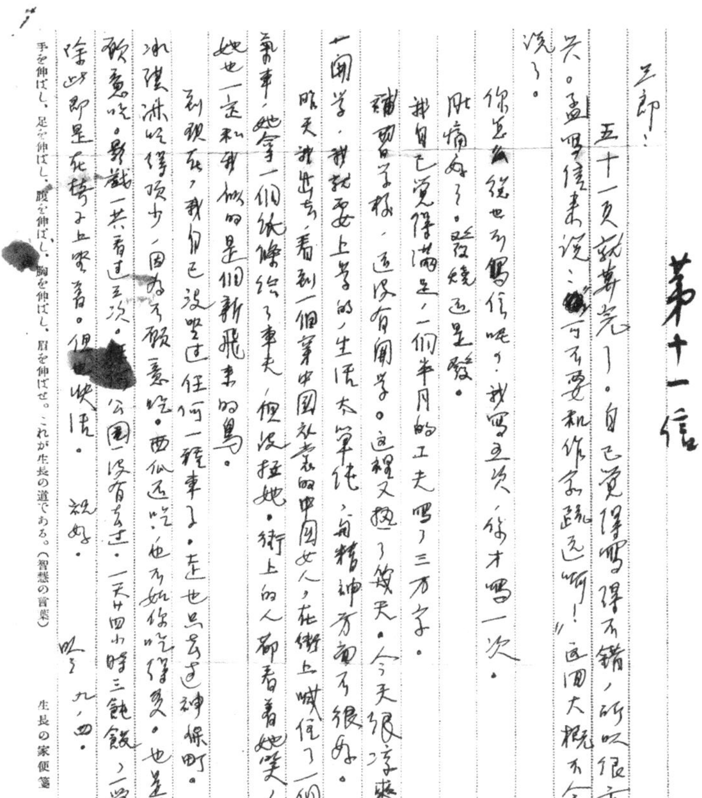

第十一信

三郎：

五十一页就算完了。自己觉得写得不错，所以很高兴。画两信来说："不要弄作家气派啊！"这回大概不会说了。

你怎么总也不写信呢？我写五次，你才写一次。

肚痛好了。发烧还是发。

我自己觉得满足，一个半月的工夫写了三万字。

补习学校，还没有开学。这里又热了几天。今天很凉爽。一开学，我就要上学的，生活太单纯，在精神方面不很好。

昨天我出去，看到一个穿中国衣裳的中国女人，在街上喊住了一个车夫，她拿一个纸条给了车夫，但没拉她。街上的人都看着她笑，她也一定和我似的是个新飞来的鸟。

到现在，我自己没坐过任何一种车子。走也只走过神保町。

冰淇淋吃得顶少，因为不愿意吃。西瓜还吃，也不如你吃得多。也买些点心吃。影戏一共看过三次。公园没有去过。一天廿四小时三顿饭，一觉，除此即是在椅子上坐着。但快活。

祝好。

吟 九，四。

手を伸ばし、足を伸ばし、腰を伸ばし、胸を伸ばし、眉を伸ばせ。これが生長の道である。（智慧の言葉）

生長の家便箋

萧红致萧军第十一信

此时我并不过于自责“为了恋爱，而忘掉了人民，女人的性格啊！自私啊！”从前，我也这样想，可是现在我不了，因为我看见男子为了并不值得爱的女人，不但忘了人民，而且忘了性命。何况我还没有忘了性命，就是忘性命也是值得呀！在人生的路上，总算有一个时期在我的脚迹旁边，也踏着他的脚迹。总算两个灵魂和两根琴弦似的互相调谐过。By萧红

因为真正的恩爱，它不仅仅是幸运时的锦上添花，也不仅仅是失意时的雪中送炭，更是两个人中一个人落难时，另一个人舍命相救，是一个人患病时，另一个人的静心服侍；或者可以说是惨淡日子中的无怨无悔，众叛亲离时的不离不弃。

一段爱情，是不需要别人理解的。假情的会说痴情的人太矫情，感性的会说理性的没人性，坚强的说勉强的不自强。其实是你不知道它的道理，人人都有自己的爱情。

生命是一场又一场的相遇和别离，是一次又一次的遗忘和开始，可总有些事，一旦发生，就留下印迹；总有个人，一旦来过，就无法忘记。

其实想说的是，它能够发生，已经很了不起了。

有一种爱情叫“相濡以沫，却厌倦到终老”，有一种痛苦是“相忘于江湖，却怀念到哭泣”。

原来，不是每个人，都适合和你白头到老。有的人，是拿来成长的；有的人，是拿来一起生活的；有的人，是拿来一辈子怀念的。

怀念不一定就要相见，喜欢不一定就要在一起，你要相信，每一种距离都有它存在的意义。

石评梅·高君宇

向来缘浅，奈何情深

我梦见青翠如一幅绿缎横披的流水，
微风吹起的雪白浪花，似绿缎上纤织的小花；
可惜我身旁没有带着剪子，
那时我真想裁割半幅给你，做一件衣裳。

第一次相遇，是在1920年的一次同乡会。当时，一个学生模样的男子正在作反帝反封建的演讲，他就是高君宇。在台下，一双眼睛正痴痴地看着他，一双耳朵正认真地听着他，她叫石评梅。

初次相遇，他们就给对方留下了深刻的印象。没多久，他们开始通过书信往来，谈理想，说人生，有时还会相约来到北京南郊的陶然亭湖畔散步。他们视彼此为知己。

然而，这一对慢慢靠近的心，却也是两颗受伤的心。石评梅曾爱过一个人，结果后来发现对方是有妇之夫；高君宇也结过婚，对方却是无可奈何的“父母之命”。

此时的他们，热烈地矜持着，小心翼翼地动着心。

挥剑斩断了烦恼的爱恋，你去吧，乘着晨星寥落霜雪凄漫，几次我从泪帘偷看你憔悴的容颜，多少话要说千绪万端。你如有嘱咐叮咛，告我勿再迟缓，汽笛声中天南地北海滨隔重山，这悠悠相思，我与谁谈？By石评梅

这一矜持就是三年。三年后的一个秋天，石评梅收到了高君宇的一封来信。信里只有一片火红的枫叶，上面用毛笔写着几行字："满山秋色关不住，一片红叶寄相思。"开始，石评梅只是把它当作一般的诗句，读了两遍，她才意识到这是表白情书。

这封突如其来的表白信让石评梅陷入忧虑和矛盾中。第一次感情带来的伤害，使她对爱情失去了信任，她甚至曾发誓用独身来揭穿爱情的虚伪。她想了很久，在红叶上写下这样一行字："枯萎的花篮不能承受这鲜红的叶儿。"

过了几天，石评梅接到了高君宇的信：退回的红叶收到了。它的开始，是很平常而不惹人注意的，是起自很小的一个关纽，

当我第一次在酒楼上逢见你时，我便埋怨命运的欺弄我了。我虽然不认识你是谁？我也不要知道你是谁？但我们偶然的遇合，使我在你清澈聪慧的眼里，发现了我久隐胸头的幻影，在你炯炯目光中看见了那个捣碎我一切的故人。自从那天你由我身畔经过，自从你一度惊异地注视我之后，我平静冷寂的心波为你汹涌了。愿你慈悲点远离开我，愿你允许我不再见你，为了你的丰韵，你的眼晖，处处都能撼得我动魄惊心。By石评梅

但它像怪魔一般徘徊着已有三年了。同乡会我们第一次相识之后，你给我的一封短信。那封信，虽是普通的询问，但我感到的却是从未有过的安怡。从那以后，我心不由己地便发生了要了解你的愿望。然而我却是常常悬着心，因为我是父亲系于铁锁下的，要了解你或许就是一大不忠实。我仅通信而不去看你，是害怕这种感情的流露。”

后来，高君宇买了一对象牙戒指，并将其中之一送给了石评梅，象征着二人会永远保持“纯洁如冰雪的友谊”。

未曾料想的是，在石评梅收到象牙戒指不久，高君宇却因病突然去世了。

高君宇的死，惊醒了石评梅，也击垮了石评梅。石评梅痛

我梦见青翠如一幅绿缎横披的流水，微风吹起的雪白浪花，似绿缎上纤织的小花；可惜我身旁没有带着剪子，那时我真想裁割半幅给你，做一件衣裳。

By高君宇

悔交加，她悔恨自己的懦弱伤害了一颗英雄的心。她责问自己，高君宇那“柔情似水，为什么不能温暖了我心如铁？”她坦承“从前太认真人生的错误”，同时忏悔自己“受了社会万恶的蒙蔽”。

高君宇入殓时，石评梅将自己一张最美的照片轻轻地放在高君宇的棺木中作为陪葬，她说：“君宇，让我陪着你，不然你会太寂寞……不过，你等着，你等着，要不了多久，我一定随你而去，永远伴着你！”

在高君宇的墓碑上，石评梅写着：“君宇，我无力挽住你迅忽慧星之生命，我只有把剩下的泪流到你坟头，直到我不能来看你的时候。”从此，每到星期天和空闲之日，陶然亭的高君宇墓前，总是传来石评梅声声哭祭，催人泪下。

你也感到惊奇吗？每天屋角的桌子上，我执着玛瑙杯狂饮，饮醉后我又踱到舞场上去歌舞，一直到灯暗人散，歌暗舞乱，才抱着惆怅和疲倦归来。这自然不是安放心灵的静境，但我为了你，天天来到这里饮一瓶上等的白兰地，希望醉极了能毒死我呢！不过依然是清醒的。By石评梅

高君宇走后，很多青年才俊向石评梅示爱。石评梅明确拒绝了他们，她的心已经完全属于高君宇。石评梅对高君宇的爱，生前常是游离若冰，死后则坚如磐石。

她继续写诗、写散文、写小说，字里行间满是“孤坟、冷血、残阳”，像极了伤透了心的大姑娘，一字一句都像是泪缀成的串珠。她吻遍了那人的坟头草，可也找不着那一双温润的唇了。

曾有人不痛不痒地说，要活得尽兴，而不是庆幸。可很多时候，还有机会庆幸，简直可以媲美劫后余生。

石评梅的爱情，注定了是悲剧收场。第一次爱，爱错了，于是不爱了，却未曾预料，第二次最好的爱，却也因此而错过了。

我相信你的灵魂，你的永远不死的心，你的在我心里永存的生命；是能鼓励我，指示我，安慰我这孤寂凄清的人生旅途。我如今是愿挑上这副担子走向遥远的，黑暗的，荆棘的生到死的道上。一头我挑着已有的收获，一头我挑着未来的耕耘，这样一步一步走向无穷的。By石评梅

无缘的人啊，为什么不是来得太早，就是太迟？

三年以后，石评梅患上脑膜炎离开了这个爱恨交加的世界。临终前，她的手上仍然戴着那枚白色的戒指。人们把她葬在高君宇的墓旁，完成了二人“生前未能相依共处，愿死后得并葬荒丘”的遗愿。

遇见的一部分叫作缘分，另一部分，我们叫它劫数，有命中注定就有在劫难逃。

人都是这样，总是会被突如其来的缘分砸伤。只可惜，有些缘分只是南柯一梦，瞬间的消逝便成了萍踪过往；有些缘分却落地生根，扎进了你的生命中，从此纠缠不清。

珠，放心，我原谅你。至死我也能了解你，我不原谅时我不会这样缠绵地爱你了。但是，珠，一颗心的颁赐，不是病和死可以换来的，我也不肯用病和死，换你那颗本不愿给的心。我现在并不希望得你的怜恤同情，我只让你知道世界上有我是最敬爱你的。By高君宇

假如我的眼泪真凝成一粒一粒珍珠，到如今我已替你缀织成绕你玉颈的围巾。假如我的相思真化作一颗一颗的红豆，到如今我已替你堆集永久勿忘的爱心。我自从混迹到尘世间，便忘却了我自己，在你的灵魂，我才知是谁。By石评梅

不是所有的人都能知道命运的好意，不是所有的人都懂得珍惜。这世间并没有分离与衰老的命运，只有敢爱与不敢去爱的心。

愿你懂得珍惜，珍惜今天，珍惜现在，因为谁也没法知道明天和意外，哪一个先来。

缘分就像是一本书，翻得不经意，就会错过；读得太认真，又会流泪。

但是，因缘相聚的两个人，其实谁都没有错，都是命定的缘分罢了，来的时候无法躲避，走的时候也莫再强求。不要因为寂寞随便牵手，然后依赖上。一个人自由自在就很好了，纵使孤独，但也好过一段灾难般的爱恋。

这茫茫人海，没了谁，你都应该热气腾腾地活下去。

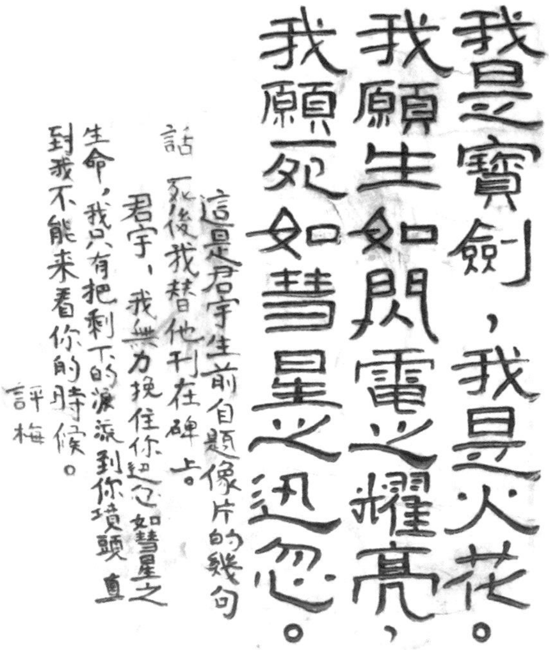

高君宇墓碑右侧所刻的文字

胡适·曹诚英

醉过才知酒浓，爱过才知情重

醉过才知酒浓，爱过才知情重。

你不能做我的诗，正如我不能做你的梦。

那是一场古怪的婚礼，一边是留学归来的北大教授胡适，一边是目不识丁的乡村悍妇江冬秀；一边是穿着西服、皮鞋，戴着黑礼貌的新潮新郎，一边是穿着棉袄、绸缎的小脚女人。

正是在这场古怪的婚礼上，伴娘堆里15岁的曹诚英对新郎胡适一见倾心。

对于一个情窦初开、有着新潮思想的少女而言，风流倜傥、风度翩翩的才子，只需一眼，便永生难忘。

在以后的岁月里，因为那婚礼上的惊鸿一瞥，曹诚英的情感之路注定坎坷不休。在与胡冠英（注：曹诚英被父亲包办的婚姻）离婚之后，诗人汪静之曾大肆追求曹诚英，每日里情诗不断。汪静之与曹诚英算得上真正的青梅竹马，只是论起拐了

也想不相思，可免相思苦。几度细思量，情愿相思苦。By胡适

十几年前，一个人对我笑了一笑。我当时不懂得什么，只觉得他笑得很好。那个人后来不知怎样了，只是他那一笑还在。我不但忘不了他，还觉得他越久越可爱。我借他做了许多情诗，我替他想出种种境地。有的人读了伤心，有的人读了欢喜。欢喜也罢，伤心也罢，其实只是那一笑，我也许不会再见那笑的人，但我很感谢他笑的真好。By胡适

无数弯的辈份，曹算是汪的姑姑。曹诚英便以此为理由，撕掉汪静之送来的情诗，又为他张罗介绍女朋友。

以曹诚英彼时刚受离婚之苦的现实境况，又以新时代女性的姿态，对爱情追求之大胆的态度，又何惧那个没来由的所谓辈份？只能说，她那颗破碎的心早已有了归属。

1923年，胡适因病来到杭州休养，而曹诚英则在杭州女子师范学校念书。他们终于真正重逢了。那时的胡适住在烟霞洞的僧房里，他们常常相偕畅游西湖。游了西湖，胡适还曾赋诗一首，最后两句是："前天，伊却未免太绚烂了！我们只好在船篷阴处偷觑着，不敢正眼看伊了……"这"伊"看似是说西湖，其实是指佳人。

都是平常感情，都是平常言语。偶尔碰见个诗人，变化出多少新奇诗句。醉过才知酒浓，爱过才知情重。你不能做我的诗，正如我不能做你的梦。By 胡适

我从山中来，带着兰花草，种在小园中，希望开花好。一日望三回，望到花时过；急坏看花人，苞也无一个。眼见秋天到，移花供在家；明年春风回，祝汝满盆花！ By 胡适

在杭州的这段日子，胡适自称是“我一生最快活的日子”。他在日记中用大量篇幅来记录与曹诚英的美好时光：“今天晴了，天气非常之好。下午我同珮声（注：曹诚英的别字）出门看桂花，过翁家山，山中桂树盛开，香气袭人……9月12日，晚上与佩声下棋。”他们像夫妻一样过日子，一起做饭、散步、看戏。到了12月，胡适回了北京，两人改为鸿雁传情。

那时候的曹诚英其实很清楚，这段感情是不会有结果的，可她仍然飞蛾扑火，一往情深。

有一天，众人请胡适到西湖边的楼外楼吃饭，曹诚英也受邀前往。一帮人吃到半夜，胡适与曹诚英毫不避讳地携手在窗前赏月看湖，浓情蜜意自不待言。曹诚英甚至还借着醉意唱了

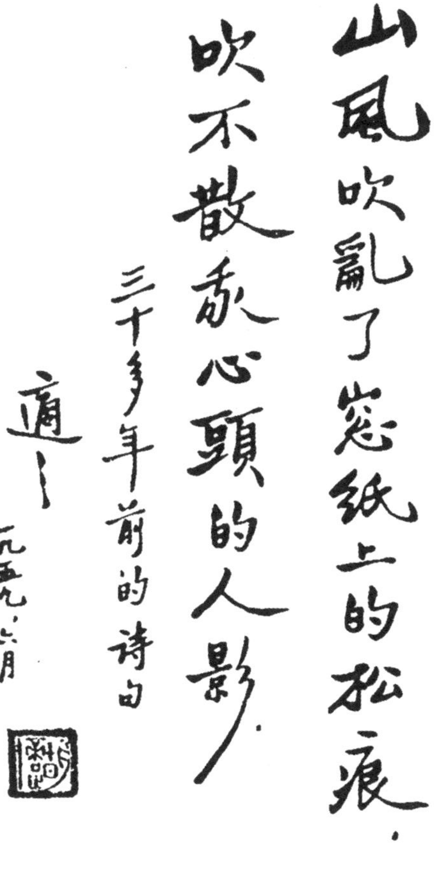
山風吹亂了窗紙上的松痕，
吹不散我心頭的人影。
三十多年前的詩句
適之
一九五九、六月

胡适的情诗

依旧是月圆时，依旧是空山，静夜；我独自月下归来，这凄凉如何能解？翠微山上的一阵松涛，惊破了空山的寂静。山风吹乱的窗纸上的松痕，吹不散我心头的人影。By胡适

一首《秋香》。同行好友徐志摩在日记中记录了此事："曹女士贪看柳梢头的月，我们把桌子移到窗口，这才是持螯看月了！夕阳里的湖心亭妙，月光下的湖心亭，更妙。曹女士唱了一个《秋香》歌，婉曼得很……"

多年之后，胡适仍忘不了这一段时光，写了一首诗来回忆那浪漫："翠微山上的一阵松涛，惊破了空山的寂静，山风吹乱了窗纸上的松，吹不散我心头的人影……"那人影，自然是指曹诚英。

然而，不管多浓烈的爱情，终是要落于尘土的。没多久，曹诚英怀孕了。胡适想要给曹诚英一个名分了，于是便回去跟江东秀提出离婚。江东秀才不跟他讲斯文，直接从厨房提了把

我这三个月中在月光之下过了我一生中最快活的日子。秋去冬来，离别的日子快到了，天气也渐渐转凉，带着一片凄凉之意，相见时难别亦难！By胡适

多谢你能来，慰我山中寂寞，伴我看山看月，过神仙生活。匆匆离别又经年，梦里总相忆。人道应该忘了，我如何忘得了？By胡适

菜刀出来，大喝一声："离婚？可以啊！我先将两个儿子杀了，再自杀！"胡适被吓傻了，离婚之事，不敢再提。

胡适后来告知曹诚英："我这婚是离不了……"而曹诚英则一言不发，去医院打掉了孩子，然后包袱一卷，去美国留学了。

20年后的一天，曹诚英曾托人带给胡适三首词，其中一首《虞美人》中的句子让人无限感慨："鱼沉雁断经时久，未悉平安否？万千心事寄无门，此去若能相遇说他听：朱颜青鬓都消改，唯剩痴情在。"

1973年，曹诚英孤寂而去。按照曹诚英的遗嘱，她的埋骨之地选在家乡绩溪县旺川村的村头路旁。那条路，是去往胡适绩溪老家的必经之路。或者，她仍在期盼，胡适有一天叶落归根，

我笑你绕太阳的地球，一日夜只打得一个回旋；我笑你绕地球的月亮，总不会永远团圆；我笑你千千万万大大小小的星球，总跳不出自己的轨道线；我笑你一秒钟行五十万里的无线电，总比不上我区区的心头一念！我这心头一念，才从竹竿巷，忽到竹竿尖；忽在赫贞江上，忽在凯约湖边；我若真个害刻骨的相思，便一分钟绕遍地球三千万转！By胡适

定会从她乱草丛中的孤坟前走过……

初遇一瞥，惊鸿一生。这大概就是曹诚英爱情的全部吧！她是孤独的，她与胡适的结局以她孤独终老而结束，她爱慕了胡适一辈子，眷恋了一生，她没能像张幼仪那样强大起来，也不像朱安那样自我枯萎，她选择了一条折中道路，自我孤独了下去，教书育人，做学术钻研，成为了“农学界第一位女教授”。

倘若胡适在结婚前遇见了曹诚英，也许就会不一样，他们也许会契合地走下去，但他们没有如果，只有爱过。

人生遇到的每个人，出场顺序有时候很重要，很多人如果换一个时间认识，往前一点，往后一点，都会有不同的结局。

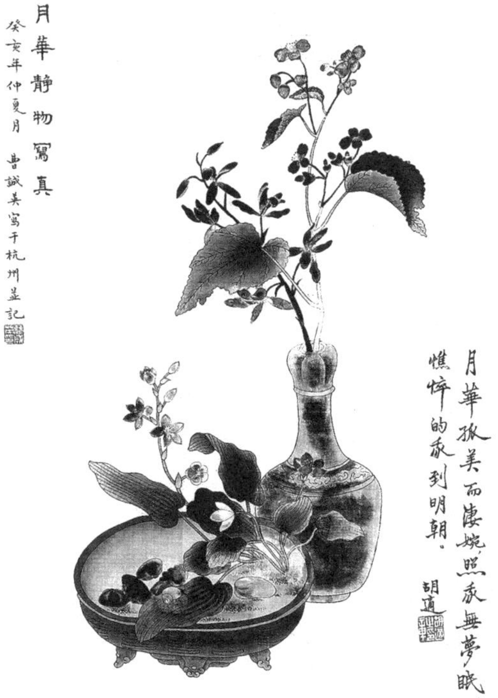

曹诚英绘画，胡适题字。

睡醒时，残月在天，正照着我头上，时已三点了。这是在烟霞洞看月的末一次了，今当离别，月又来照我，自此一别，不知何日再继续这三个月的烟霞洞山月的“神仙生活”了！枕上看月徐徐移过屋角去，不禁黯然神伤。By胡适

不愿勾起相思，不敢出门看月；偏偏月进窗来，害我相思一夜。By胡适

爱情的逻辑是：“你爱我，我爱你，所以我们要在一起”；而命运的逻辑是：“我可以，你可以，所以我们能在一起”。

爱情问的是喜欢不喜欢，命运答的是可不可以。我爱你，你爱我，也有太多的劳燕分飞；我不爱你，你不爱我，竟也有不少白头偕老。

实际上，我们既要祝福“有情人终成眷属”，也要祝福“终成眷属的都是有情人”。

郁达夫·王映霞

爱是天时地利的迷信

大概一千万人之中，才有一双梁祝，才可以化蝶。

其他的只化为蛾、蟑螂、蚊蚋、苍蝇、金龟子……

就是化不成蝶。并无想象中之美丽。

有些相遇是命中注定的，如郁达夫和王映霞。一边是“曾因酒醉鞭名马，生怕情多累美人”的江南才子，一边是“红袖添香夜读书”的佳人王映霞。于是乎，一场风花雪月的故事就此在繁缛红尘里纠葛延绵开来。

初遇郁达夫时，王映霞才虚岁二十，要知道，那时的王映霞是女神级的人物，位居杭州四大美人之首，坊间流传着一句“天下女子数苏杭，苏杭女子数映霞”。只是这样只应天上有的貌美如花的女子，恰逢痴情的郁达夫，倒也说不清是她的幸，还是不幸。

故事开始的地方是上海的马当路尚贤坊40号，当时郁达夫穿着妻子孙荃从北京寄来的新皮袍，登门拜访自己的老朋友孙你所希望我的，规劝我的话，我以后一定牢牢地记着。假使我将来有一点成就的时候，那么我的这一点成就的荣耀，愿意全部归赠给你。By郁达夫

知识我不要，名誉我也不要，我只要一颗安慰我、体谅我的心。By郁达夫

百刚。而在好客的主人家里，早已高朋满座，其中便有王映霞。

初相见时，郁达夫就被王映霞那一双如水的眸子所吸引，眼里便全是她了，心扉也就这样被一泓秋波冲乱了阵脚。虽然时处隆冬，他额头上竟冒出汗珠来。

那个年代的人，都将心思藏得那样浅。

爱美人的才子郁达夫，早就忘记了来尚贤坊的初衷，一双眼睛只围着美人流转，硬生生地将孙百刚夫妇抛到了一边。美人王映霞，也是文采斐然的才女，随即跟郁达夫天南海北地侃侃而谈起来，仿佛是故人相见。

为了能够跟美人共度的时间再多一些，中午时分郁达夫坚持请孙百刚夫妇和王映霞一起去吃饭。他阔绰地要了辆汽车，

我从没有过现在这样的经验，这一次我对于你的心情，只有上天知道，并没有半点不纯的意思存在在中间。人家虽则在你面前说我的坏话，但我个人，至少是很sincere（注）的，我简直可以为你而死。By郁达夫

到了南京路的新雅酒店。席间，开怀畅饮的郁达夫忍不住用日语问孙百刚道："我近来寂寞得跟在沙漠里一样，只希望出现一片绿洲。你看绿洲能出现吗？"聪慧的孙百刚，一听就猜测出他是看上王映霞了。

回到家，郁达夫在日记中写道："遇见了杭州的王映霞女士，我的心又被她搅乱了……南风大，天气却温和，月明风暖，我真想煞了霞君。"

此后，才子郁达夫展开了猛烈的"情书攻势"。一封接着一封的热烈情书接踵而来，像是一个个炙热又烫手的山芋。王映霞一边被感动着、冲击着，一边却也犹疑着。因为那时的郁达夫已有妻室，而王映霞也有婚约在身，并且两人还隔着十二岁

注：真挚的

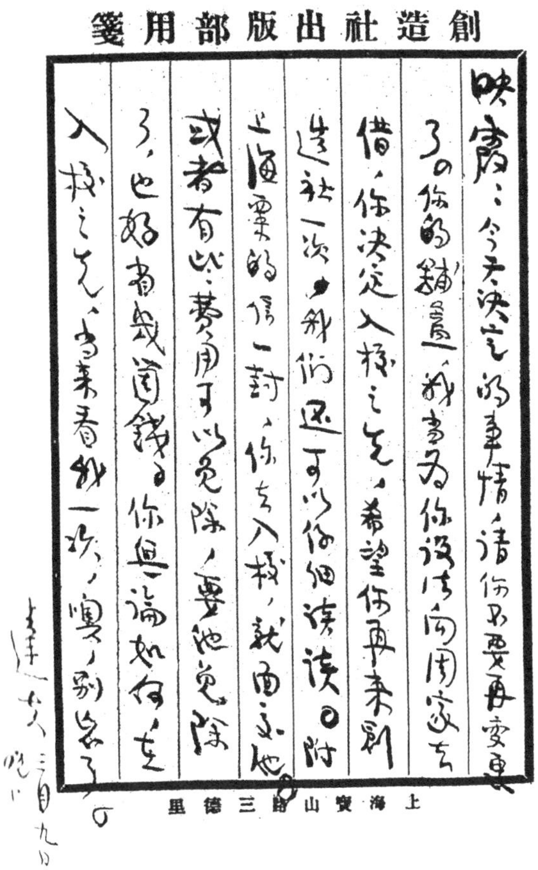
創造社出版部用箋
映霞：今天決定的事情，請你不要再變更
了。你的鋪蓋，我當為你設法向周家去
借，你決定入校之先，希望你再來創
造社一次，我們還可以仔細談談。附
上海要的信一封，你去入校，就面示他
或者有些費用可以免除，要他免除
了，也好省幾個錢。你無論如何，去
入校之先，當來看我一次，囑囑，別忘了。
達夫 十八 三月九日 晚
上海寶山路三德里

郁达夫写给王映霞的信

今晚上我要早睡，我要为你而保重身体。我希望你也要为我而保养你的，因为你的身体，就是我的生命。By郁达夫

两月以来，我把什么都忘掉。为了你，我情愿把家庭、名誉、地位，甚而至于生命，也可以丢弃，我对你的爱，总算上切而且是挚了。我几次对你说，我从没有这样地爱过人，我的爱是无条件的，是可以牺牲一切的，是如猛火电光，非烧尽社会、烧尽己身不可的。By郁达夫

的年龄差距。

然而这些理性的问题很快就被郁达夫的热情给驱散了。他应允了王映霞要求他先离婚的要求，郁达夫在情书里写道："一切照你吩咐做去，此心耿耿，天日可表。对你只有感谢和愉悦，若有变更，神人共击。"

王映霞则放弃了之前的婚约，对郁达夫情意绵绵地说："我也爱你，之死靡他……"

婚后，两人度过了一段温馨融洽的日子。端庄富贵的王映霞完全放下了"女神"的身段，开始学习洗衣、烧饭，努力扮演好妻子的角色。而郁达夫则用他那妙笔生花的文字，细细碎碎地记录下生活中的点点滴滴。

但是我无论上什么地方去，心里总丢不了你，所以仍是写信。虽然写来写去仍是这几句话，可是一样的话，我只教是对你说的，我总觉得说一万遍也不嫌，同样你对我说的话，纵使是一样的，只教从你的口中说出，从你的手里写出，我也读一百回听一百回都不厌的。By郁达夫

现在已经是十点十分了，我就想躺上你送给我的那个黄花枕头上去做好梦，也许在梦里能够和你相见。By郁达夫

那时的生活，就像是进了世外桃源一样。他们二人也被誉为是“富春江上的神仙伴侣”。

然而这段日子很快就结束，“女神”王映霞逐渐厌倦了平淡无奇的生活，她需要激情，她不甘心就此度过余生。于是，她凭借自己的美貌和优雅谈吐，迅速地跻身上流社会，并很快成为杭州上流社交圈里明星级人物。

就这样，他们五年平稳的感情，在迎来子女的相继出生后，开始有了暗涌，表面和和美美的生活也早已掩盖不了了。

事实上，岁月静好，一直都不是王映霞想要的生活。她原本是习惯活在大家的注视和赞美之下的，只是为了爱情，暂时回归到琐碎的生活中去了。当激情过后，当感情变淡之后，她

还是要做回自己的。一如郁达夫所言："王映霞奉行名媛作派，布衣暖菜根香，本非她的理想人生。"

裂痕就是这样产生的，夫妻间的生分，也由此而生。之后的纠葛、怀疑，生离死别，都让人无限唏嘘。曾经的二人曾声声誓言，说可以"为了爱去死"，而后的二人，竟也舍得让对方去死。自此，富春江上的神仙伴侣，再无良辰美景好时光。

原来，太过炽烈的爱情竟也是如此的不牢靠——能够风雨同舟，可以激流勇进，却无法来日方长。

作家李碧华曾说："大概一千万人之中，才有一双梁祝，才可以化蝶。其他的只化为蛾、蟑螂、蚊蚋、苍蝇、金龟子……就是化不成蝶。并无想象中之美丽。"

是啊，爱其实是那人间烟火，哪有极品可言，只因当时饥渴，所以觉得销魂无比。

匆匆忙忙、缠缠绵绵、奋不顾身地去爱，固然是可贵可敬的，但真正的爱更应该是细水长流，是不离不弃，是生死相依。

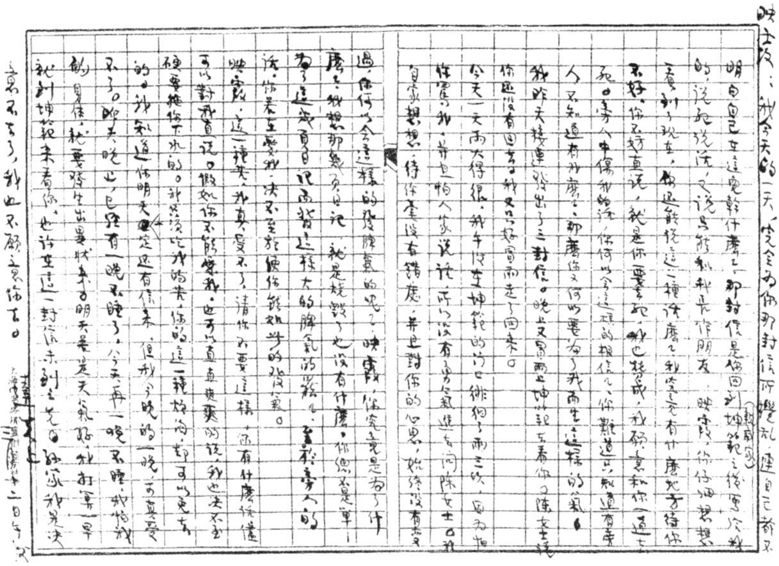

郁达夫致王映霞的信

朱湘·刘霓君

晓看天色暮看云，行也思君，坐也思君

你的信我都好好收起，注明号码。

哪封是哪天发的，哪天到，我都写得明明白白，好带回家去。

我们肩并着肩从头细看，细数这五年的离情别意。

他是名门之后，是官宦子弟。往远了追溯，朱熹是他的先祖，往近了说，其父曾官至二品，其母是张之洞弟弟的女儿。所以他既有文人的清高，自称“生无媚骨”，又有官家的傲气，把自尊看得比命还重要。他叫朱湘，一个与徐志摩、闻一多齐名的大诗人。

她是父母的掌上明珠，是盐运使的女儿。她叫刘霓君——一个与世无争的旧式女人。他们的父母同朝为官，又世代交好，这两家便结下了“娃娃亲”。

当朱湘决定迎娶刘霓君时，家道早已没落，而那时的刘霓君同样是落魄的，她的家产被兄长霸占，她几乎无处可去，只能去纺织工厂谋生。两人命运同样孤苦又身在异地他乡，彼此难免需要依偎照顾，此后，朱湘与刘霓君有了更多生活上的交你若是高兴了，我跟着也就快活。你信中说伤心话时，我也就难受好多时候，厉害时我就哭了下来。我如今对你，真是十分痴心，无论何时，或是想事，或是读书，总是记起你来。By朱湘

你说我的信可爱，那是因为你是一个可爱的人。所以写给你的信，也跟着可爱了。By朱湘

集，他们走进了彼此的生活。

这份曾经的“父母之命”如今焕发出了“自由恋爱”的光彩。

婚后的他们过着平静的日子，并有了一双儿女。没多久，朱湘获得了去美国公费留学的机会，这一去，就是天涯两隔。在留学的这段时间里，朱湘对刘霓君的思念之情到达了极点。

他把写信当成了情感的寄托，把收信当成了思念顽疾的“解药”。在这些信件里，他放下了文人的清高，也放下了自尊。

他柔情地说：“妹妹，你的信我都好好收起，注明号码。哪封是哪天发的，哪天到，我都写得明明白白，好带回家去。我们肩并着肩从头细看，细数这五年的离情别意。”

他失魂落魄地说：“我爱的霓妹：昨晚做了一个梦，梦到你，

妹妹，你的信我都好好收起，注明号码。哪封是哪天发的，哪天到，我都写得明明白白，好带回家去。我们肩并着肩从头细看，细数这五年的离情别意。By朱湘

我如今过得越久，便越觉得你好。我前两天想，唉，要是我快点过了这几年，到霓妹妹身边，晚上挨着她睡下，沾她一点热气，低低说些情话，拿一只臂膀围起她那腰身，我就心满意足了。By朱湘

哭醒了。醒过来之后，大哭了一场。不过不能高声痛快哭一场，只能抽抽噎噎的，让眼泪直流到枕衣上，鼻涕梗在鼻孔里面。今天我看书看得眼睛都痛了，半是因为昨夜哭过。”

他信誓旦旦地说：“我们的爱情是天长地久，只要把这三年过了，便是夫妻团圆，儿女齐前，那是多么快活的事情。能够早回，一定早归。”

后来，这些书信被整理出版，这才有了《海外寄霓君》一书，这本书与沈从文的《从文家书》、鲁迅的《两地书》、徐志摩的《爱眉札记》并称为“民国四大情书集”。

信中说的最多的除了思念，就是钱。看起来是有点儿俗气，但是怎么可能不是钱呢。朱湘尽管留美前是“清华四子”之一

你要知道，我在这里举目无亲，又没朋友，就是靠着看看你的信，才减去点寂寞伤感。如若你的信内写些伤我心的话，我就更觉孤单了。By朱湘

我如今在美国也不看电影，也不听戏，一天到晚的只是守在房中，你想这是为的谁呢？我真想这几年快点过完了，早些看见你，才快活。我看一看，这几叶纸上，字写得东歪西斜，有稀有密，这都是我心中难受，想家太甚，心不在上的道理。By朱湘

的才子，但却是个穷学生、穷诗人，他经常提到："我阳历五月寄钱给你，七月可以到达""我省而又省，只剩省得二十块来美金，阳历三月初寄给你""我每月至少总要有中国钱三十块寄给你，才放心""我等几天就搬去和张先生同住，要是搬过去，又可以多省钱，每月总能省下美金三十块寄给你，你看多好""以后无论如何，就算天塌下来，绝不错过寄钱给你"。

朱湘一直惦记妻儿家中是否有钱花，够不够花，自己为此省而又省。有一次因为春天到了，身边没有带够衣裳，要做一套新衣裳，先书信回家商量可不可以由妻子为他做一套；数日后又修书一封，说妻子带着两个孩子，又要在学堂读书，十分辛苦，还是请裁缝做一套吧，但是心里又十分期望小褂裤可以由妻子亲手做。

我想到几年之后，回家时候，见到你，那是多么有味啊。日里我出去教书，或是在家作文，吃早饭是拿腌的白菜萝葡豇豆扁豆（还有几个红辣椒）下饭，中饭是拿豆腐、红烧肉丸作菜。你在家里主持家务，那时候小沅小东都大了，我们夫妻两个教他们书。偷到了空工夫，我就坐在你身旁，捱在一起，你的热气飘到我身上来，我的热气飘到你身上去，我还握紧你的手，尽望着你，望着你，低声说些啾啾话，温柔话，说我怎么爱你，怎么敬你，在美国时候怎么想你。By朱湘

最后，又在一封信中提及此事，说包裹托人带来美国还要扣税，如此一来，还是在美国做一套吧，信末说“这次做衣服又花了些钱，你不要怨恨我，就宽恕我这一次吧！”

从美国提前回来后，朱湘的家庭生活有过短暂的和谐，但是他憧憬的“温暖而甜美的家庭”并没有出现。友人回忆说：“他时常和霓君争吵，两人把房里的东西砸毁，次日和好了，又去购买一套新的。”更让人始料未及的是，在大学任教的朱湘再一次与学校“决裂”，然后愤然离去。

但是，这个张狂的男人却忽视了一个严重的问题：他需要供养一大家人，而且还有一个七个月大的新生儿。轻狂的朱湘再一次拒绝了向现实妥协，而他“生无媚骨”的性格间接地害

最亲的霓妹妹，我如今凭了最深的良心告诉你，你有爱情，你对我有最深最厚的爱情，这爱情就是无价之宝。你居然把它给了我，你居然把你千真万真的爱情给我了，这我是多么的福气啊！By朱湘

我又把你这封信拿起了看，那信中间每个字我看了都爱，因为我想起了你是怎样写字，写字时怎样一种神气，它们每个字都教我想起你来。By朱湘

死了第三个孩子——因为营养不良而夭折。

这一次，刘霓君彻底地被激怒了，她可以忍受孤独，等一个漫长的希望，可以忍受贫穷、独自持家，但接受不了一个男人不负责任的清高自傲。她开始埋怨朱湘，埋怨他的无能。此时的朱湘感到了前所未有的绝望。这绝望有来自生活的，更多的是对爱情。

对于刘霓君而言，没有了生活，爱情也无处安放；但对于朱湘而言，没有了爱情，灵魂将无处安放。

1933年12月5日，失望至极的朱湘在上海开往南京的客轮上，手持情诗，纵身跃入清波，自杀身亡，年仅29岁。

悲痛欲绝的刘霓君也对人世再无眷恋，便削发为尼，从此再无消息。

妹妹，你如今身上我件件都爱，你写的字我也爱，你来的信，我每次至少看两三遍，以后想起了，又看。我见了字，就如见了你一样，心中说不出的那般快活。By朱湘

秋虫，你别凄梦了，我同她正在相逢，你不要将我惊醒，来悲梦后的虚空；秋雨，你别淅沥了，她如今正在凝眸，她的泪已经落下，怎禁你再滴心头？By朱湘（注）

一个诗人死了，这本不是什么大新闻。然而，这位被誉为“中国济慈”的诗人，是在生活潦倒、爱情绝望的境况下，手持自己的诗作投湖自尽的。那些牵扯人间的诗，在冬日的清晨里也变得冰凉了，尽管诗里满是爱情的味道。

有生之年，狭路相逢，终是不能幸免的。其实，谁都没有错，都是命定的缘分，来的时候无法躲避，走的时候也无法挽留。

是啊，本以为爱情可以填补人生的遗憾，可以对抗人间的寂寥和浮华，不曾料想的是，制造遗憾，放大寂寥和浮华的，却也是爱情。

一念花开，一念花落。这山长水远的人世，终究是要自己

注：出自朱湘所写的《秋夜》，原刊1926年1月《小说月报》第17卷第1号。

你还记得当时你是怎样吗？我靠在你身旁坐下，你身上面上的一股热气直扑到我的脸上。我当时心里说不出的痒痒。后来我要摸你的手，我偷偷地摸到握住，你羞怯怯的好像新娘子一样，我当时真是说不出的快活。天哪，天哪，但望两三年后，夫妻都好，再能尝尝那种爱情的美味罢。By朱湘

走下去。不是你倦了，就会有温暖的巢穴；不是你渴了，就会有潺潺的山泉；不是你冷了，就会有红泥小火炉。

每个人的内心，都有几处不为人知的暗伤，等待时光去将之复原。

朱自清·陈竹隐

愿得一心人，白首不相离

一见你的眼睛，我便清醒起来，
我更喜欢看你那晕红的双腮，
黄昏时的霞彩似的，谢谢你给我力量。

一边是单身的大学教授，“穷酸、迂腐、土气”，他叫朱自清，著名的散文大家；一边是长相清秀、性格活泼的年轻才女，“懂国画，爱昆曲，天真烂漫，又有艺术修养”，她叫陈竹隐，齐白石的弟子。就这么两个“看起来极不搭调”的人，竟成全了一段爱情佳话。

第一次见面有点难堪。朱自清并不知道那场相遇是朋友安排的相亲。

后来，陈竹隐回忆：“那天，佩弦（注：朱自清，字佩弦。）穿一件米黄色绸大褂，他身材不高，白白的脸上戴着一副眼镜，显得文雅正派，脚上却穿着一双老式的双梁鞋，显得有些土气。回到宿舍，我的同学廖书筠笑着说，‘哎呀，穿一双双梁鞋，土自然，更有意思的是我们的散步——其实应该老老实实说是走路。可惜天太冷了，又太局促，比上星期在北海雪月交辉里的要苦些。你说是不是？希望下一星期有一个甜些的——当然还是散步。By朱自清

我生平没有尝到这种滋味，很害怕整个儿变成你的俘虏呢！By朱自清

气得很，要是我才不要呢！’”

出人意料的是，朱自清先动了心，他见她落落大方，谈吐雅致，像极了一株清新的荷。

动了心的朱自清开始主动出击。他先是赠书给陈竹隐，并细心指导她做文章。当时陈竹隐恭敬地称呼他为“自清先生”或“先生”。但朱自清可受不了这样拘谨的关系，于是他在书信中不露声色地做了改变。首先，是从称呼开始的。

第一封信里，朱自清称陈竹隐为“竹隐女士”，落款为“朱自清”；一周后的第二封信里，他称她为“竹隐弟”，落款成了“自清”；在第五封信里，先前的“竹隐弟”已变为更亲切的“隐弟”，“自清”只余一个“清”字……再以后，他在给她的信里，称呼

一早就醒了，躺了一两点钟，想着香山，想着北海，想着黔阳馆，想着一个人的名字。By朱自清

隐，十六日那晚是很可纪念的，我们决定了一件大事，谢谢你。想送你一个戒指，下星期六可以一同去看。By朱自清

不断变来变去。

在打动陈竹隐之前，朱自清先后给陈竹隐写了 71 封“肉麻”的情书。

有时候，是感激的：“一见你的眼睛，我便清醒起来，我更喜欢看你那晕红的双腮，黄昏时的霞彩似的，谢谢你给我力量。”

有时候，是诧异的：“亲爱的宝妹，我生平没有尝到这种滋味，很害怕真会整个儿变成你的俘虏呢！”

在朱自清发出第 70 封情书后，陈竹隐终于架不住他的“狂轰滥炸”，不由自主写去了“投降书”，既接受了他的爱，也接受了他的孩子。这让朱自清异常感动，这就有了第 71 封情书：“隐，十六日那晚是很可纪念的，我们决定了一件大事，谢谢你。

一见你的眼睛，我便清醒起来，我更喜欢看你那晕红的双腮，黄昏时的霞彩似的，谢谢你给我力量。By朱自清

一张小小的圆脸，如正开的桃李花；脸上并没有笑，却隐隐地含着春日的光辉，像花房里充了蜜一般。By朱自清(注)

想送你一个戒指，下星期六可以一同去看。”

后来他们一起去选了戒指，算是定了终身。

婚后的生活，波澜不惊。陈竹隐几乎放弃了自己的艺术梦想，画笔尘封，昆曲高搁，她把所有的心思，扑在了那个家上。家里人口多，单凭朱自清教书著书的收入来维系，日子总是过得紧巴巴的。陈竹隐从来没有埋怨过，为了凑足给孩子请家庭教师的钱，她甚至悄悄跑到医院卖过几次血。

抗日战争爆发后，朱自清带着家人随校南迁到昆明，日子更加窘迫，常常三餐不济。为了减轻丈夫的负担，柔弱的陈竹隐带着孩子们回到自己的老家成都，一个人挑起了养家的重担。

他们一个在成都，一个在昆明，相距遥遥，两颗相依相恋

注：摘自散文《阿河》

竹隐这个名字几乎费了我这个假期中所有独处的时间。我不能念出，整个人看报时也迷迷糊糊的！我相信自己是个能镇定的人，但是天知道我现在是怎样的扰乱啊。By朱自清

的心却从未放下对彼此的思念与牵挂。每逢假期，朱自清都要穿越千山万水回成都探亲。

山一程，水一程，关山重重，他不以为苦，反以为乐，因为家里有爱他和他爱的妻儿在等着。

像他这样的人，对爱情真的没有天赋，唯一能做的，就是不辜负。

1948 年 6 月 18 日，朱自清在拒绝美国援助面粉的宣言上签名。一个多月后，他因胃溃疡穿孔住进了医院，想不到手术后引起并发症，一代文学大师就那样匆匆而去。

那一年，他刚刚 50 岁，她 45 岁。他们相守的时光不过短短的十几年。十几年的岁月中，他眼里再无其他的风景；她心里，

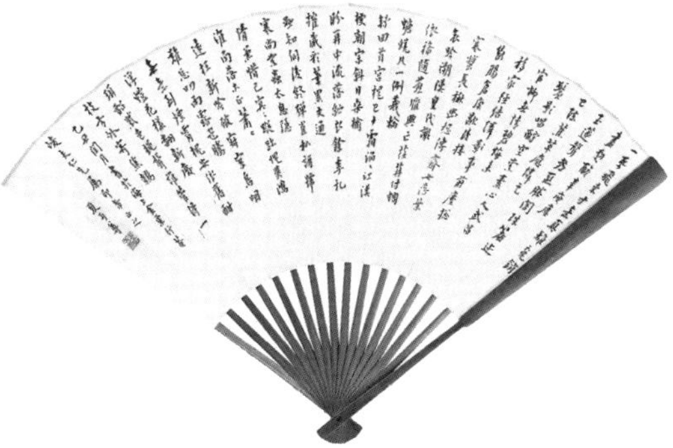

“神仙多佳种，琼液涤诗肠，莲子心彻苦，谏果回涩香，轻红擘细手，紫角刺尖芒，虎苑缀圆颗。”朱自清题，陈竹隐画。

我以为艺术的女人第一是有她的温柔的空气；使人听着萧管的悠扬，如嗅着玫瑰花的芬芳，如躺着在天鹅绒的厚毯上。她是如水的密，如烟的轻，笼罩着我们；我们怎能不欢喜赞叹呢？这是由她的动作而来的；她的一举步，一伸腰，一掠鬓，一转眼，一低头，乃至衣袂的微扬，裙幅的轻舞，都如蜜的流，风的微漾，我们怎能不欢喜赞叹呢？By朱自清

装着的全是他。他们的爱，一如散文大师笔下清丽深情的文字，清新芬芳如月下淡淡的荷风，纯净得不掺任何杂质。

往后的日子里，陈竹隐不管去哪座城市，都会带着一只小箱子，那是朱自清生前用过的。箱子里，完好地存放着 75 封书信（婚前 71 封，婚后 4 封）。

这是 75 封爱的书信，是一个男人对一个女人如痴如醉的爱情表白，是一个女人守着它们走了大半生的孤独与坚贞。

相爱，最好的姿态是不辜负。不辜负彼此的存在，不辜负彼此的等待，不辜负这人世间的相逢一场。

闻一多·高孝贞

我愿陪你颠沛流离

今天早晨起来拔了半天草，

心里想到等你回来看着高兴，荷花也放了苞，

大概也要等你回来开，一切都是为你。

很多人的经历是，先恋爱，再结婚，闻一多却是反着来的。他是先结婚，再谈的恋爱。

很多人都知道闻一多很爱他的妻子，但鲜为人知的是，他对高孝贞并不是一见钟情，而是日久生情，也就是先结婚，后恋爱。

把时间轴推回到1912年的春天，年轻的闻一多在父母的再三催促之下才极不情愿地回到家乡与他的远房表妹高孝贞成亲。

虽然是亲上加亲，可是在外求学后接受了新思想的闻一多对这门包办婚姻并不满意，但在当时那个年代，他无法违背父母的意愿，他做不了自己的主，只得硬着头皮当新郎官。

闷闷不乐的闻一多在新婚里很是冷落高孝贞，不肯多看她几眼，也不与她说话，只入书房，不入洞房。他还在蜜月里写

这时他们都出去了，我一人在屋里，静极了，静极了，我在想你，我亲爱的妻。我不晓得我是这样无用的人，你一去了，我就如同落了魂一样。我什么也不能做。By闻一多

了两万余字的《律诗的研究》，还逢人便诉苦说："家庭是一把铁链，捆着我的手，捆着我的脚，捆着我的喉咙，还捆着我的脑筋；我不把它摆脱了，撞碎了，我将永远没有自由！我知道环境已迫得我发狂了，我这一生完了。世界还有什么留恋的？活一天算一天罢了！"

但在相处了一段时间之后，闻一多竟然惊喜地发现，高孝真这个千金大小姐不但温柔体贴，大方贤惠，而且孝顺懂事，通情达理。不知不觉中，闻一多竟然一点一点地喜欢上了她。从当初"恨得要死"，到后来"想你想得要死"，诗人不知不觉间竟然坠入了爱河。

有那么一段时间，这一家人是安定且幸福的，他著书育人，

相思着了火，有泪雨洒着，还烧得好一点；最难禁的，是突如其来，赶不及哭的干相思。By闻一多

我的心是个没设防的空城，半夜里忽被相思袭击了，我的心旌只是一片倒降；我只盼望——他恣情屠烧一回就去了，谁知他竟永远占据着，建设起宫墙来了呢？By闻一多

她相夫教子，但这样的日子只过了五年。

随后，战争来了。一家人颠沛流离，多次面对搬家和分离。作为主妇的高孝贞，带着一大群孩子，担惊受怕，辛苦操劳，却毫无怨言。在艰苦的日子里，高孝贞承受着难以想象的贫困，全力支持着丈夫的事业和家庭。

那时候，闻一多要养活一家八口，薪水总是不够用。饭碗里半月不见一点荤腥，粮食不够，只好吃豆腐渣和白菜帮。高孝贞就带着孩子下河捞点小鱼小虾，后来还开荒地，种蔬菜。一个千金大小姐像农妇般种地耕田，努力为家人改善伙食。

闻一多没有什么特殊的嗜好，就是喜欢喝茶、抽烟。随着物价暴涨，闻一多决心戒烟，以减轻家庭的负担，让高孝贞和

爱人啊，将我做经线，你做纬线，命运织就了我们的婚姻织锦，但是一张回文锦啊，横看是相思，直看是相思，顺看是相思，倒看是相思，斜看、正看都是相思，怎样看也看不出团圆二字。By闻一多

我俩是一体了，我们的结合至少也和地球一样圆满了，但是你是东半球，我是西半球，我们又自己放着眼泪，做成了这苍茫的太平洋。隔断了我们自己……By闻一多

孩子过得宽裕一些，高孝贞知道后坚决不答应。她对丈夫说："你一天那么辛苦劳累，别的没有什么可享受的，就是喝口茶、抽根烟这点嗜好。为什么那么苛苦自己，我不同意，再困难也要把你的烟茶钱省出来。"

高孝贞的付出，闻一多看在眼里，疼在心里。在昆明时，他总是劝说妻子要多休息，鼓励她出去玩，希望她开心。每逢遇到交际宴会，只要允许携带家眷，他总会带上她。但凡是下班回家，第一件事就是问孩子："你妈妈呢？"要是见不到妻子，就让孩子去找，直到找到才放心。

他越来越离不开她了，她成了他的氧气，不可或缺，她成了他生命中的一部分，无可替代。

我的王！我从远方来朝你，带了满船你不认识的，但是你必中意的贡礼。我兴高采烈地航到这里来，那里知道你的心……唉！还是一个涸了的海港！我悄悄地等着你的爱潮膨涨，好浮进我的重载的船艘；月儿圆了几周，花儿红了几度，还是老等，等不来你的潮头！By闻一多

想来想去，真对不住你，向来没有同你出过远门，这回又给我逃脱了，如何叫你不恨我？过去的事无法挽救，从今以后，我一定要专心侍奉你，做你的奴仆。只要你不气我，我什么事都愿替你做，好不好？By闻一多

然而，闻一多不仅仅是高孝贞的丈夫，更是一个革命者，一位精神领袖。1946年，闻一多在家门口被特务暗杀，高孝贞听到枪声连忙奔出大门，扑向丈夫。她身上沾满了丈夫的鲜血，当场心脏病复发晕了过去。

高孝贞醒来悲痛欲绝，一时想死，但一想到闻一多便又清醒过来："不，我要活下去，我要活下去！孩子们需要我，一多的仇一定要报！"

高孝贞继承了丈夫的遗志。1947年她带着孩子们几经周折回到北平，开展革命工作。他没有做完的事，她来替他做。第二年，高孝贞改名高真，继续照料着子女和闻一多的遗愿。

1983年11月，高孝贞病逝，她的骨灰移入同在八宝山革命

亲爱的，我不怕死，只要我俩死在一起。我的心肝，我亲爱的妹妹，你在哪里？从此我再不放你离开我一天。我的肉，我的心肝！你一哥在想你，想得要死！By闻一多

我看不见你，便放声大哭，像小孩寻不见他的妈了。立刻你在我耳旁低声地讲："在这里，大惊小怪地闹些什么？一个好教训哦！"说完了笑着。爱人！这戏禁不得多演；让你的笑焰把我的泪晒干！By闻一多

公墓的闻一多墓中，一对恩爱夫妻，最后终于同穴而眠，永生永世永不分离。

岁月情长，竹马成双。十年夏秋，风雨同舟。

从不爱到深爱，从毫无感情到情不自禁，爱情悄悄降临，为那个人痴，为那个人狂，顾不得什么面子里子，喜怒哀乐全随那个人变化去了。原来，情到深处，人是不自知的。

如果可以，就和在一起的人，慢慢地相爱吧。生活终究会教你明白：爱不只是朝夕相处，更是风雨同舟。

林徽因·梁思成

我以深情赴你的约，且以斑驳岁月邀你共度良辰梁思成问："有一句话，我只问这一次，以后都不会再问，为什么是我？"

林徽因答："答案很长，我得用一生去回答你，准备好听我了吗？"

初识时，她15岁，他18岁。

第二年，她遇见了一个才华横溢的已婚男人徐志摩的热烈追求。她也曾心动过，但最终选择了退一步，做最好的朋友。

第四年，他们留学美国；第九年，他们喜结连理，并且远游欧洲。

婚前，他们用九年的时间互相了解；婚后，他们用27年的时间相濡以沫。

她叫林徽因，他叫梁思成。

一直以来，人们凭着各自的想象和偏好，猜疑和揣摩着这桩婚姻。喜欢徐志摩的更愿意相信，徐志摩才是林徽因深埋于心底的挚爱；敬仰金岳霖的又津津乐道，说林徽因对他动心动

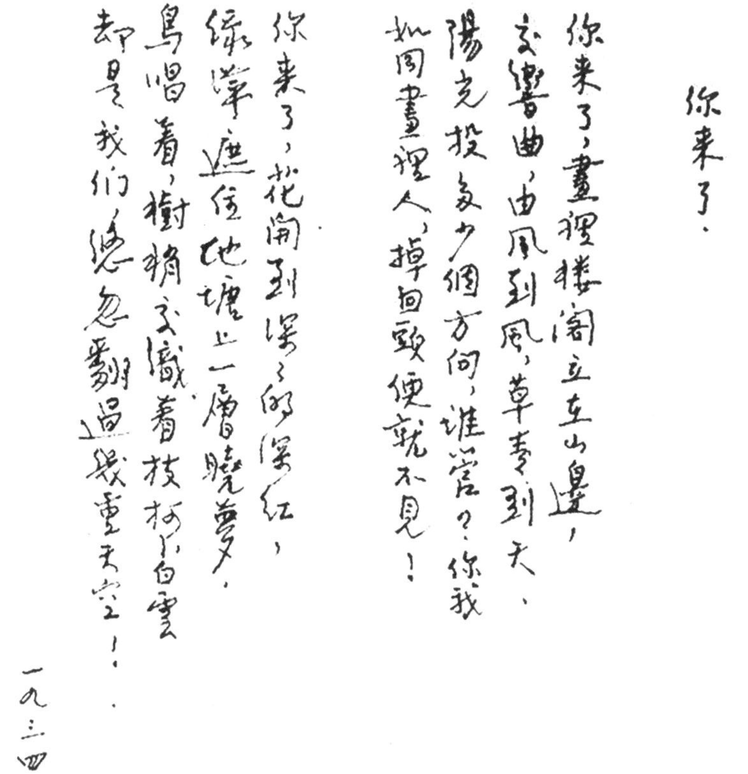

你来了，

你来了，畫裡樓閣立在山邊，
交響曲，由風到風，草青到天，
陽光投多少個方向，誰管？你我
如同畫裡人，掉回頭便就不見！

你来了，花開到深深的深紅，
綠萍遮住池塘上一層曉夢，
鳥唱着，樹梢交織着枝柯，白雲
卻是我們，悠忽翻過藍天空！

一九三四

林徽因诗歌《你来了》手稿

好比这树丁香，几枝山红杏，相信我的心里留着有一串话，绕着许多叶子，青青的沉静，风露日夜，只盼五月来开开花！如果你是五月，八百里为我吹开蓝空上霞彩，那样子来了春天，忘掉腼腆，我定要转过脸来，把一串疯话全说在你的面前！By林徽因（注）

情。以至于有人为梁思成鸣不平，认为选择林徽因这样的妻子，对他是不公平的。甚至有人认为，林徽因与梁思成的结合主要是因为双方家庭的干预。

没错，他们的家境相同，教育背景相似，视野匹配，素养气质相当，这些难道不该成为两个人相吸引、相互爱慕、厮守一生的真正原因吗?

梁思成与林徽因，从初识到结婚，有九年的时间相互了解，也经历过外在的诱惑、激烈的争吵和磨合，甚至也有来自家庭的压力，却最终成就了一段“神仙眷侣”爱情传奇。

如果没有真挚、诚实和持久的吸引和爱恋，婚前的九年时间，加上各种经历和世事变迁，是足以让两个光彩夺目、正值

注：出自林徽因早期诗歌作品《一串疯话》，梁思成最喜欢该诗，梁向林求婚时便选用了这首诗告白。

大好年华的年轻人的感情逐渐淡漠、厌倦，甚至分道扬镳的。

好的爱情和好的婚姻，并非必须从无波澜，别无他想，没有受过任何冲击。有过比较之后的认定，往往比从无比较的选择，更扎实稳定、坚不可摧。

当然，他们的爱情也有过危机。一天，梁思成从外地回来，林微因很沮丧地告诉他："我苦恼极了，因为我同时爱上了两个人，不知道怎么办才好？"

梁思成非常震惊，经过一夜的思想斗争，虽然自己痛苦，但想到另一个男人的长处，他毅然告诉林徽因："你是自由的，如果你选择了金岳霖，我祝你们永远幸福。"

而林徽因，不仅没有离开他，反而感动万分地对梁思成说我说你是人间的四月天，笑响点亮了四面风，轻灵在春的光艳中交舞着变。你是四月早天里的云烟，黄昏吹着风的软，星子在无意中闪，细雨点洒在花前。那轻，那娉婷你是，鲜妍百花的冠冕你戴着，你是天真，庄严，你是夜夜的月圆。雪化后那篇鹅黄，你像；新鲜初放芽的绿，你是；柔嫩喜悦水光浮动着你梦期待中白莲。你是一树一树的花开，是燕在梁间呢喃，你是爱，是暖，是希望，你是人间的四月天！By林徽因（注）

了一句能让世上所有男人都无法拒绝的话语："你给了我生命中不能承受之重，我将用我一生来偿还。"

林徽因又原原本本把一切告诉了金岳霖。金岳霖的回答更是率直坦诚得令人惊异："看来思成是真正爱你的。我不能去伤害一个真正爱你的人。我应该退出。"

结婚前，梁思成曾问过林徽因："有一句话，我只问这一次，以后都不会再问，为什么是我？"

林徽因答："答案很长，我要用一生去回答你，准备好听我了吗？"

她真的用一生给出了这个答案。她要的男人，不需要在她青春美貌的时候对她有多少浪漫激情，而要在她贫困潦倒、疾

注：出自林徽因所作的《你是人间四月天》一诗。该诗为纪念儿子梁从诫的出生而作。

你给了我生命中不能承受之重，我将用我一生来偿还。By林徽因

是你，是花，是梦，打这儿过，此刻像风在摇动着我。By林徽因

病交加的时候，能够不离不弃地陪在身边。也不需要对方牺牲什么来呵护和供养自己，而是彼此成全，志同道合，相濡以沫。

当年梁思成为保护北京古城殚精竭虑设计方案时，林徽因更是据理力争，面斥毁坏文物的官员。

他们对美、对艺术有着高度相同的认识。梁思成喜欢的，林徽因也喜欢。他的心血，是她的热爱，她的兴趣，也是他的品位。他们三观一致，进退默契。

阮籍诗云："鸿鹄相随飞，飞飞适荒裔"。大概就是二人的爱情写照。

爱与不爱，深爱或浅爱，犹疑爱还是坚定爱，的确是一种除了当事人，旁人无法界定、很难捕捉、也不易解析的情绪。但爱的根基，那些凿实稳固、难以动摇的因子，还是有迹可循、

在我面前，她可以不讲理。By梁思成

我爱这雨后天，这平原的青草一片！我的心没底止的跟着风吹，风吹，吹远了香草，落叶，吹远了一缕云，像烟，像烟。By林徽因

约略可以看得到轮廓的。他们相濡以沫，志同道合；他们彼此砥砺，相互成就。这就是他们彼此深爱最好的证明。

人与人之间的相遇，有的是电光火石，有的是惊鸿照影，带来的是震动，是冲击，可终成雪泥鸿爪，就像徐志摩之于林徽因。而有的相遇，温和愉悦却厚密绵长，可以更顽强地植入心底，长青不衰，如梁林之爱。他们的爱情生活大部分时间是在兵荒马乱之中度过的，却无碍情深意笃。

这世上，不是只有烈酒才能醉人，不是只有热恋才会刻骨，有时候，一份清淡，更能历久弥香；一种无意，更能魂牵梦萦；一段简约，更可以维系一生。

原来，爱情不是终日彼此对视，而是共同瞭望远方、相伴而行。

林徽因给女儿梁再冰的漫画手稿

冰心·吴文藻

倾心相遇，安暖相陪

天上的风雨来了，鸟儿躲在它的巢里，

心中的风雨来了，我只躲到你的怀里。

在民国的诸多才女中，冰心算不上最有才的，算不上最有名望的，也算不上最漂亮的。但冰心有一点，可以将这个时代的所有女子都比下去，那就是她是民国才女里最幸福的一位，没有大起大落，有的只是岁月静好。

冰心第一次遇见吴文藻是在去往美国求学的邮轮“约克逊”号上，他们倚在船栏上看海闲谈，他们说明天、谈梦想。在交谈的过程中，吴文藻问冰心有没有读过评论拜伦和雪莱的书，冰心回答没有，吴文藻就直率地说：“你学文学的，这些书你都没看。这次到美国，你要多读一些书，否则算是白来了！”

第一次见面，吴文藻就这样坦率地进言，虽然使冰心有点尴尬，但静静思考后，她却对吴文藻有了几分好感和敬佩。

随后，吴文藻开始根据自己对文学的理解帮冰心买书。有意思的是，他买来后，总是先睹为快，并在自己认为重要的地方用红笔画出来，而这些用红笔标出来的基本上都是爱情的句子。

一来二去，吴文藻以他自己的独特方式和本真色彩，赢得了冰心的好感，可是谁都没有戳破。

就这样交往了两年之后，吴文藻在湖上划船时向冰心表白了。然而，矜持又害羞的冰心却并未立刻答复他，第二天，她才告诉吴文藻，她本人没有意见，但最终的决定权取决于她的父母。其实冰心知道，只要自己愿意，父母是不会反对的。

1926年夏天，乘着冰心回国的机会，吴文藻提笔给冰心的父母写了一封“有趣”的求婚书，称“谢先生、谢太太启”。信中先以“道可道，非常道；名可名，非常名”，论述爱的哲学意义，稍露对冰心的爱慕之意。接着笔锋一转，就大谈婚姻与家庭的社会学意义，总结和下定义若干，洋洋洒洒，俨然学术论文一篇，一副书呆子气。

就是这么一封乏味的求婚书，居然打动了未来岳父、岳母，他们一致认为：此男人傻得可爱，靠谱！

三年之后，二人于北大临湖轩举行了婚礼，来宾只有两校同事、同学，待客之物一共只花了34元。婚房内除了冰心带去的两张帆布床外，只有一张三条腿的小桌子。

冰心说：真正的婚姻并不在排场，而在心灵相通，其他都无所谓了。

这一年，冰心29岁，吴文藻28岁。

二人婚后的生活依然是平凡而有趣的。

一天，冰心和婆母等人都在楼前赏花，老夫人让冰心将吴文藻请来共赏。他站在丁香树前，大约心仍在书上，便应酬似的问冰心："这是什么花？"

冰心故意逗他说："这是香丁。"

吴先生心不在焉地点头道："哦，香丁。"众人听了，都不禁哑然失笑。

还有一次，吴文藻随冰心去城内看岳父，冰心让他上街买点心（名叫沙其马）。结果他到了点心铺，开口就说，"我要买马"。让店家一头雾水。另外，冰心还让他买一些布料做衣服送给父亲，他到绸布店却说要买羽毛纱。幸亏店主和谢家有往来，就打电话问冰心：“你要买一丈多的羽毛纱做什么？”谢家人听后都大笑起来。

冰心只好说：“他真是个傻姑爷。”而冰心的父亲则笑道：“这傻姑爷可不是我替你挑的。”

对于这个在生活中“时常犯糊涂”的先生，冰心曾给来家里做客的清华校长（注：当时吴文藻在清华任教。）写过一首“宝塔诗”。把“一腔的怨气”发泄在清华身上。诗曰：

“马

香丁

羽毛纱

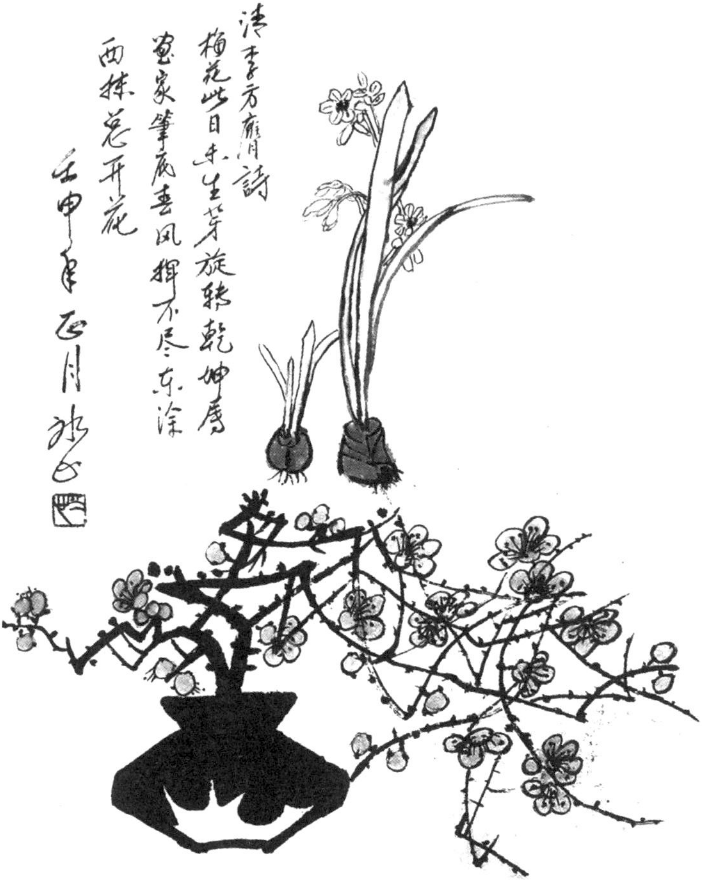

冰心和吴文藻结婚后冰心的书画

样样都差

傻姑爷到家

说起真是笑话

教育原来在清华”

清华校长笑着在后面加了两句：

“冰心女士眼力不佳

书呆子怎配得交际花”

在往后的日子里，不管经历怎样的磨难，他们总是不离不弃，互慰互勉，相濡以沫。从年少相知，到白头偕老，他们风雨同舟，他们一起走了将近六十年。去世后的两人骨灰合葬，骨灰盒上并行写着：“江阴吴文藻，长乐谢婉莹。生同眠，死同穴，生生世世都要在一起。”

最美的爱情就是，用最初的心，陪你走最远的路。

最好的爱情是两个人彼此作伴，不要束缚，不要缠绕，不要占有。也不渴望从对方身上挖掘到意义，毕竟那是注定落空的东西。应该是两个人并排站在一起，看这落寞的人间。

许地山·周俟松

我用心慕你，如鹿慕溪水

三千里的海山，十二年的隔绝，

此间：每年、每月、每个时辰、每一念中都盼着要再会你。

她是大家闺秀，出身名门，人称“六小姐”，北京师大的高才生。他是命运多舛的苦命人，自称“落华生”，燕京大学的教授。

她爱慕他的才华，敬仰他的品德，甚至甘心做他的续妻。他则倾慕她的活力，喜欢她的真诚，更需要她的善解人意。

她叫周俟松，他叫许地山。

周俟松第一次见到许地山是在“五四运动”的游行队伍中，后来经由好友介绍才真正结识。许地山本是已婚的男人，却不料心爱的妻子因病去世了，他曾一度绝望，甚至有过“出世”的念头，他的很多文学作品中都充满了宗教色彩。直到与周俟松的相遇，才有了日后的那段美满姻缘。在许地山眼中，那时一踏入你的大门，我心便摆得如秋千一般，几乎把心房上的大脉震断了。谁知坐了半天，你总不出来！好容易见你出来，客气话说了，又坐我背后。那时许多人要与我谈话，我怎好意思回过脸去向着你？ By许地山

的周俟松是固自清洁，就好像王维的诗画，于空山中洒下一阵灵雨。

当时的许地山是燕京大学著名的教授。他的“著名”不仅因为才学，还因他一年四季爱穿黄对襟棉大衫，留长发蓄山羊胡，精于钟鼎文梵文，被大家笑称为“三怪”才子。然而真正打动周俟松的，还是他的才华。

她后来回忆说：“多见了几次，感到他学识渊博，感情丰富，逐渐互相爱慕。”

1928年，许地山和周俟松终成眷属，之后的婚礼是在北京中山公园的来今雨轩举行的。文学馆还收藏着几页周俟松保存下来的当年的日记，在1929年5月1日那一栏中，写着“风和日

有一次，我们在流花桥上听鹧鸪，你的白袜子给道傍的曼陀罗花汁染污了。我要你脱下来。让我替你洗净。你记得当时你说什么来？你说："你不怕人笑话么，——岂有男子给女人洗袜子的道理？你忘了我方才用栀子花蒂在你掌上写了我的名字么？一到水里，可不把我的名字从你手心洗掉，你怎舍得？" By许地山

朗，我们于九时行婚礼"。

然而婚后的生活却不总是风平浪静，多少也会有争辩的时候，为此，许地山在给周俟松的信中订立了著名的"爱情公约"。

他写道："一、夫妇间，凡事互相忍耐；二、如意见不合，大声谈话以前，各自离开一会儿；三、各自以诚相待；四、每日工作完毕，夫妇当互给肉体和精神的愉快；五、一方不快时，他方当使之忘却；六、上床前，当互省日间未了之事及明日当做之事。"

过日子，哪有不磕磕碰碰的，但真正的爱，就是两个人都愿意在磕磕碰碰中修修补补。

后来，许地山在名篇《爱就是刑罚》里写道："爱就是刑罚，

自识兰仪，心已默契。故每瞻玉度，则愉慰之情甚于饥疗渴止。但以城郊路遥，不便时趋。所以表示眷慕至衷，固是萦回于苦思甜梦间，未能解脱丝毫，即案上宝书亦为君掩尽矣。By许地山（注）

我们能免掉吗？”是的，爱带给你幸福的同时，痛苦也是免不掉的，也注定了爱需要理解，宽容和承担。

订立“公约”之后，二人之间的争吵果然少了很多，他们的感情也逐渐变得美妙起来。为子女定姓名，便是夫妇二人同心的铁证。当周俟松生下一个男孩时，许地山主动让儿子随母姓周，取名苦仲，以慰岳父无嗣之心。他的女儿生下后，则随父姓，取名燕吉。这在当时可是破俗之举。

在动乱的民国，许地山和周俟松的感情是令人羡慕的。周俟松爱看故事，许地山就专门为妻子翻译了孟加拉和印度民间故事。许地山写作时很喜欢和妻子讨论，若写到深夜时分，便有种“红袖添香夜读书”的境界。

注：出自许地山写给周俟松的第一封情书。

六小姐，自识兰仪心已默契故每瞻玉度则愉慰之情甚于饥疗渴止但以城郊路遥不便时趋妆次表示眷慕和衷因是萦回于苦思甜梦间未能解脱丝毫既案上宝书亦为君掩尽矣本月二十六日少得一日之暇如君不计其唐突敢于上午十一时趋府侍君与令七妹先至公园一游然后往观幕剧喘此敬约万祈赐诺顺颂。By许地山

他们既是夫妻，更是知音。许地山曾对周俟松说："泰戈尔是我的知音长者，你是我知音的妻子，我是很幸福的，得一知音可以无恨矣。"两人的共同生活虽然只有十几年，却胜似百年。

对许地山而言，这一生遇见的女人，任她们多漂亮，都未及她矜贵。

在许地山英年早逝之后，周俟松拼尽娇弱之躯，独撑着几十年风雨，以教师为业，默默无闻为他整理着理论和著作，让后世人还能记住他的名字。

实际上，无论你多么好胜、多么优秀或者失败，无论你之前的命运多么平坦或者坎坷，都会在真爱一个人的时候，发现这个世界的美好。

病中总希望你来看看我，不想你影儿不露，连信也不来！似游丝的情绪只得因着记忆的风挂搭在西园西篱，晚霞现处。毕竟是别离好啊！别离的人总不会老的，你不来也就罢了，因为我更喜欢在旧梦中寻找你。By许地山

这种爱会让你不怕伤害，不怕失去，让你愿意去为对方改变，让你倾尽所有地去爱，去珍惜。当你发现你愿意对一个人无条件地信任、宽容和理解的时候，才是爱真正开始的时候。

所谓专一，不是指一生只爱一个人，而是指，在爱一个人的时候一心一意。

白薇·杨骚

喜你人多，怪我懦弱

我只想看你，不知道为什么要看；
我只要爱你，不知道为什么要爱。

带“仙气”的才女，在民国有两位，一位是众人皆知的林徽因，另一位就是白薇。她被鲁迅称赞为“仙女一般的作家”，也是毛泽东主席会见过的进步女作家之一。这个集才华与美貌于一身的女子，一生充满传奇色彩。而真正改写她命运的，是与风流才子杨骚的情感纠葛。

二人的第一次相遇是在日本东京。白薇是逃去的，杨骚是追去的。白薇逃的是婆家的折磨，她自小就被迫成了童养媳，在婆家受尽凌辱和摧残。而杨骚追的是一个叫作凌璧如的女子，而这个姑娘并不打算接受他。这边，一身伤病的白薇自称为三无女人：生无家，爱无果，死无墓；另一边，杨骚因爱而不得而痛不欲生。

我还不曾见过你，心里便喜欢笑。默默地，常常想，想你好像能和我做朋友，而且会是一副天使心肠的交际。By白薇

我十二分的想你。凄凄切切地，热泪如雨滴。我的心痛极了，天天哭上三四回。我只想看你，不知道为什么要看；我只要爱你，不知道为什么要爱。By白薇

就这样，同是天涯沦落人，白薇和杨骚在异乡的凄风苦雨里依偎取暖，日久生情。她比他大六岁，于是她成了杨骚口中的“素姐”，而他成为了白薇心里“维弟”。

没多久，二人的感情急剧升温，如火如荼。那时候，白薇感觉自己像一条落岸的鱼，突然有了水滴的滋润，死死地缠上去。

她深情地对杨骚表白：“我十二分地想你。凄凄切切地，热泪如雨滴。我的心痛极了，天天哭上三四回。我只想看你，不知道为什么要看；我只要爱你，不知道为什么要爱。”

可天性懦弱的她又突然不安了起来，忍不住接着问：“你爱我吗？”

我久已是无邪气地爱你，我只愿你一件：随便交游，随便往还，爱的时候恨不得抱成一块，吵的时候也不妨闹得破天。不必定个什么目标，更不必作条死呆呆的界线。想会面可以常常相见，不高兴的时候永远不必再相见。望你不要想得太长，也不必想得太短。横竖人生仿佛浪花，全靠积一瞬间一瞬间的虚幻。By白薇

杨骚回她："你不知道，我是多么爱你。我爱你的心、灵、影，爱你那艰苦奋斗的个性。因此，我的心灵也完全交给了你。你是我在这世上寻来找去的最理想的女子。"

听到这句话，白薇的心如十丈软绫，瞬间为爱摇摆起来。从此，她把这个名字刻进了骨头里，像爱自己的身体一样爱了一辈子。

然而，正当白薇开始幻想天长地久的时候，杨骚却不辞而别，只留下一封简短的信："十二分对不起你，我没有和你告别"，便独自独自返回了杭州。

看到信件的白薇瞬间瘫倒在床头，本来欢喜的日子，刹那间，又成寒雨秋霜。

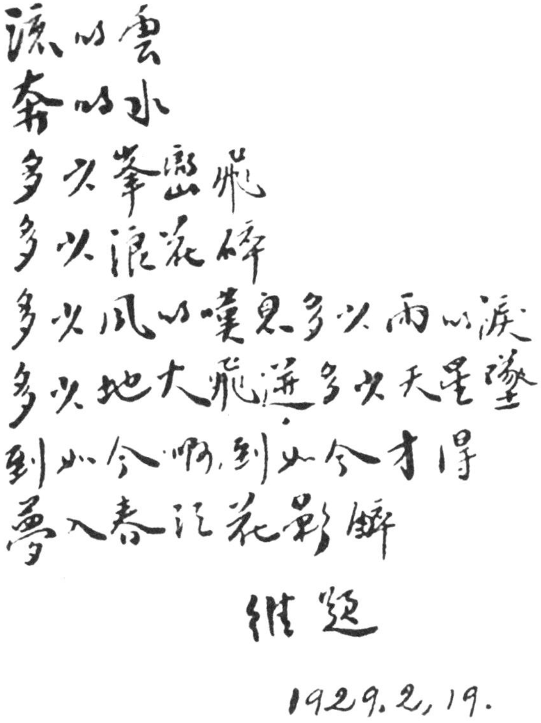
流的云
奔的水
多少峰峦飞
多少浪花碎
多少风的叹息多少雨的泪
多少地火飞迸多少天星坠
到如今啊到如今才得
梦入春江花影醉
维题
1929.2.19.

白薇去世之后，杨骚在二人合影背面的手书。

我爱你的心、灵、影，爱你那艰苦奋斗的个性。因此，我的心灵也完全交给了你。你是我在这世上寻来找去的最理想的女子。By杨骚

我爱你，你是我发现的最清新、最纯洁、不带俗气的男性。By白薇

然而，痴情的白薇并没有放弃，她借来路费，独自追到西湖葛岭，找到杨骚，可她得到的只是杨骚的一句 ："别跟来，三年后再来找你。" 便又扬长而去。

可这哪能击退一个痴情女子的爱？杨骚回到老家漳州，白薇的信件追来了 ；杨骚逃到新加坡，白薇的信依然追来了。她不绝如缕地诉说着自己的相思，可相思说尽了，又有谁人听呢？

遇见的一部分叫作缘分，另一部分，我们叫它劫数，有命中注定，就有在劫难逃。那时候的杨骚，既有才情，也很风流。咖啡馆的侍者也能成为他暧昧的对象。可白薇却始终不肯放手。

面对着白薇痴情的追逐，杨骚回了她一封信 ："我是爱你的啊！信我，我最最爱的女子就是你，你记着！但我要去经验过

维弟，我的小朋友，好像天使般地和我交际吧！不然，我会哭，不断地哭。我非爱你不可，非和你往来不可。你要尊重我的无邪气，不要把我无邪气的可爱的灵魂杀死。By白薇

你来，我们同游奇山，去洗温泉不好吗？早晚一块儿往群芳竞放的原野，在黄莺回啭的密林下散步不好吗？无论如何请来吧！我在等你。By白薇

一百女人，然后疲惫残伤，憔悴得像一株从病室里搬出来的杨柳，永远倒在你怀中！你等着，三年后我一定来找你！”

依旧是没有解释，依旧是等待，依旧是给了希望，依旧是漫漫无期的绝望等待，可白薇全都接受了。对于深爱的人而言，只要拒绝得不是那么决绝，那就相当于说“大有机会”。

后来，杨骚与白薇在上海再次重逢，二人旧情复燃，做了数月的甜蜜恋人，甚至一度定好了婚期。然而，就在这时候，杨骚念念不忘的凌璧如却出现在了上海，他再一次决定抛弃白薇去追求梦中情人。在和白薇预定举办婚礼的当天，杨骚做了落跑的新郎。

这一次，白薇彻头彻尾地绝望了，也彻底地想通了，她毅

我现在的状态，闭着眼睛，宇宙、人生、真理、美，什么都空，甚至我本身也渺然化了；睁开眼睛，又当高兴的时候，好像万物都向我微笑，我对于他们每一件，都有心心相印的爱情。By白薇

我是当作你的降臣去看你，望你莫逃避，情愿你把我看作木石，只用五分钟。By白薇

然斩断了两个人的爱情瓜葛，并将二人的情书集结出版，给两人的感情画上一个句号。在序言里，她无比凄凉地写道：“出卖情书，极端无聊心酸。”

大概是，因为铭心刻骨，所以她才这样决绝地一意孤行。

白薇后半生再没有恋爱结婚，她自我放逐到北大荒和新疆。1983年，杨骚的儿子杨西北为了写父亲的传记，找到白薇，他自我介绍说是从福建漳州来的，白薇的脸色异常兴奋，她说：“我从前的爱人也是漳州人”，一会儿，又莞尔一笑说：“我只有这个爱人。”

一直到去世，白薇都是孑然一身，没有遗产，没有丈夫，也没有亲人。为爱情，她低到尘埃里，可就算是纠缠一世，就

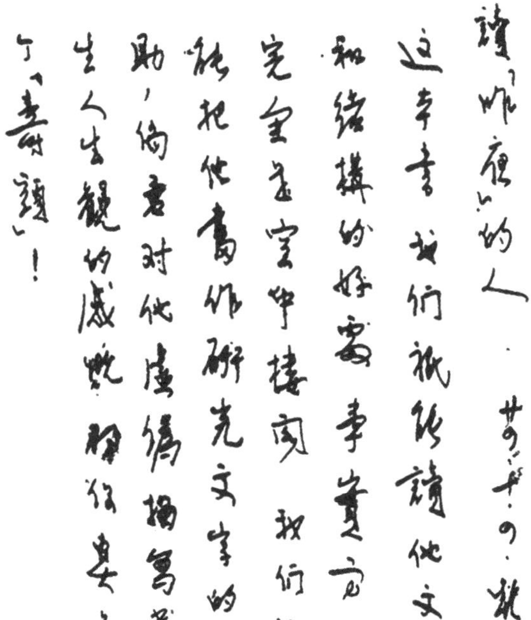
读「[illegible]」的人

这本书我们祇能读他文字
和结构的好处，事实上它由
完全是空中楼阁，我们祇
能把他当作研究文字的[illegible]
动，倘要对他虚[illegible]描写发
生人生观的感慨，[illegible]很要求
个「[illegible]读」！

白薇手稿

我一切都依从你的意思，依从你是最安而最乐的。我现在的生命全都是你赐的，我从心里承认我是你的。By白薇

弟弟，我不能压住想看你的心，昨夜任着爱慕的驱使，自然的，无邪气的，去看你，想同你去野外看月亮。By白薇

算是无言的结束，可忆起曾经爱过、伤过还毁掉自己的人，她没有一点点恨，还把那份爱小心翼翼地珍藏了起来，一直珍藏到垂暮之年，这样的爱，让人肃然起敬。

相比张爱玲，白薇的绝望来得晚了一些，以至于孤独终老；相比萧红，白薇活得更长寿了一些，可这也意味着她要忍受更长时间的磨难；相比林徽因，白薇的美凄惨了一些，这也使得她那份炙热的爱更显珍贵。

她的这份爱最终成了一份没有答案的问卷，任凭她曾经如何苦苦追寻，都不曾让生活变得圆满些许。更准确地说，她浪费了她所受的苦难。

如果你也真的在爱我，你应该会感知着我今天一天为你烦恼的心吧？在爱的火开始燃烧的时候，即使怎样苦，也像蜜一样的甜。如能为你疯成真的狂人，我是怎样的幸福。只想为你死去啊！By白薇

不论是对谁，也不论你是谁，都不应该踮着脚尖去爱一个人，那样重心会不稳，落个身疲心累。

实际上，一份爱情会把人变成四种人：可爱的、可怜的、可笑的和可悲的。你爱他，而他不爱你，是可笑；明知不爱，你还死死纠缠，这是可怜；已经很可怜了，还死去活来不放手，这就是可悲。

坏的恋情会一点点摧毁你的心，而好爱情只会让你更可爱。所以，谁让你变可爱了，他才是值得爱的人。

张幼仪·徐志摩

你的路途，从此不见我的苍老

如果照顾徐志摩和他家叫作爱的话，那我大概是爱他吧。

在他一生中遇到的几个女人里面，说不定我最爱他。

这人世间，不是所有的相遇都能皆大欢喜，也不是所有的结婚都能笑看东风、相伴到老。他叫徐志摩，是大观园里的贾宝玉；她叫张幼仪，是温柔贤淑的薛宝钗。虽是金玉良缘，可到底，她不是他前世的一滴泪。

没有恋爱，有的只是媒妁之言和父母之命。就这样，18 岁的徐志摩迎娶了 15 岁的张幼仪，婚礼轰轰烈烈，徐家摆下喜宴数百桌，前来贺喜的人，络绎不绝。张家的陪嫁绵延数十里，其中有许多家具都是特地去欧洲选购的，塞满了整节车厢。

当道喜的人们还在津津乐道徐家婚礼的奢华、新娶少奶奶嫁妆的丰厚，羡慕着这场盛大的婚礼时，男女主角却早已撇下华丽丽的道具，成了熟悉的陌生人。

彼得，她（张幼仪）何尝有一天接近过快乐与幸福，但她在她同样不幸的境遇中证明她的智断、她的忍耐，尤其是她的勇敢与胆量；所以至少她，我敢相信，可以懂得我话里意味的深浅，也只有她，我敢说，最有资格指证或相诠释——再她有机会时——我的情感的真际。By徐志摩（注）

从性格上来说，徐志摩是太阳，活泼、热烈，张幼仪却像极了一杯安静的水，沉稳得近乎木讷。当她得知徐志摩有了心上人的时候，她甚至都做好了接纳“二太太”的准备，但她始料未及的是，那个冷冰冰的男人提出要离婚。而当时，张幼仪已经有了两个月的身孕。

更残忍的是，徐志摩要她把孩子打掉。她惊恐地说，“我听说因为有人打胎死掉的”。徐志摩冷漠地接口道，“还有人因为火车事故死掉的呢，难道人家就不坐火车了吗？”这个男人薄情如斯，让人愕然。

离婚的消息比结婚的场面还要惊天动地。在德国柏林，由吴金熊、金岳霖等人公证，张幼仪在离婚协议书上签上了自己的名字。

注：徐志摩在《我的彼得》里评论张幼仪

你总是问我，你爱不爱徐志摩，你晓得，我没有办法回答这个问题。我对这个问题很迷惑，因为每个人总是告诉我，我为徐志摩做了这么多事，我一定是爱他的，可是我没办法说什么叫爱。我这辈子没跟什么人说过“我爱你”。 By张幼仪（注）

和徐志摩的离婚，使张幼仪脱胎换骨。晚年她回忆自己的一生，说出这样的感想：“在去德国之前，我什么都怕，在德国之后，我无所畏惧。”

后来，面对二儿子的夭折，面对徐志摩的再婚，她都给人一种沉稳、朴实、干练的形象。在徐志摩飞机失事之后，是她亲自带着儿子阿欢去山东给他收尸，有条不紊地为他操办了整个丧事。她提笔书写的挽联是：“万里快鹏飞，独憾翳云遂失路；一朝惊鹤化，我怜弱息去招魂。”

是啊，爱，或者恨，都不重要了。活着的时候，她不能守在他身边，死了，却可以去招回他的魂。他终究，还是回到她身边。

林徽因要的是怀恋，陆小曼要的是享受，最终为徐志摩收

注：张幼仪面对晚辈们追问自己是否爱徐志摩时说的一番话。

我没法回避我自己的感觉。我晓得，我不是个有魅力的女人，不像别的女人那样。我做人严肃，因为我是苦过来的人。By张幼仪

尸的却是张幼仪。一代诗人，能把情、景写到浪漫深邃，却看不穿人性。世人又何其相似，男人们都是心中想着林徽因，身体追着陆小曼，偏偏忘记了张幼仪。

对于林徽因，张幼仪是有怨气的，她觉得这个女人占据了徐志摩的灵魂深处，无可替代。但张幼仪也是大度的。在徐志摩死后近二十年，病重的林徽因约见张幼仪，张幼仪带着孩子去看望了她。那是两个女人今生唯一一次见面，她们相对着，都没说话。

徐志摩把热情、优雅给了林徽因，把呵护、爱情给了陆小曼，把诗情画意给了世界，但独独把冷漠给了张幼仪。他对她的冷漠到近乎残忍的地步，这是他人性的欠缺。

我是秋天的一把扇子，只用来驱赶吸血的蚊子。当蚊子咬伤月亮的时候，主人将扇子撕碎了。By张幼仪（注）

纵是才子，也有普通人的弱点，对近在咫尺的爱和好，视而不见。

后来，张幼仪帮着徐家打理产业，为“公公”养老送终，接济潦倒的陆小曼，整理出版徐志摩的文字……

直到53岁那年，她遇到了属于自己的另一半，忐忑地写信给儿子阿欢，征求儿子的意见。儿子如此回复：“母职已尽，母心宜慰，谁慰母氏？谁伴母氏？母如得人，儿请父事。”

这个让人敬佩的女子，最终找到了自己的避风港，她不但成全了徐志摩，也成全了她自己，幸福地活到88岁，无疾而终。

生活中，没有人会百分之百地与你相配，也没有人天生就

注：张幼仪回忆她与徐志摩在欧洲一块生活时，为那段难忘而痛楚的时光打的一个生动比喻。

人生从来都靠自己成全。By张幼仪

（张幼仪）独立的步子已经站得稳，思想确有通道……她现在真是什么都不怕，将来准备丢几个炸弹，惊惊中国鼠胆的社会，你们看着吧！By徐志摩

了解你的全部，只是有的人会愿意用最大的善意去揣测你，用最真诚的心去守护你。若遇到，请珍惜。

其实，最幸福的事就是，你倾尽所有地去付出爱，而恰好有人懂得珍惜。

所以，当你想念一个人的时候，尽情去想念吧，也许有一天，你再也不会如此想念他了。到了那一天，你会想念曾经那么想念一个人的滋味。

同样的，当你爱一个人的时候，尽情去爱吧，也让他知道你是如此爱他。也许有一天，当你长大了，经历的事情多了，失望多了，思虑也多了，你大概再也不会那么炽烈地爱一个人了。

汪曾祺·施松卿

执子之手，与子偕老

那一年，花开得不是最好，可是还好，我遇到你；

那一年，花开得好极了，好像专是为了你；

那一年，花开得很迟，还好，有你。

故事的起点是西南联大。当时的汪曾祺是颇有名气的才子，而施松卿则是名声在外的“病美人”。

至于对彼此的印象，施松卿后来回忆说：“我们外文系的女生谁会看得上学中文的男生？尽是些穿长衫布鞋的乡下人！倒是听说过有个才子叫作汪曾祺。”

而汪曾祺则说：“都说外文系有个林黛玉式的美人，远远地看过。长得真是清秀，可是病歪歪的！”

逗趣的儿女们追问施松卿：“你怎么看上爸爸了？”

施松卿得意地说：“有才！一眼就能看出来。”又说：“建设中学在郊外，很荒凉，晚上回去路上很怕人。汪曾祺的窗子不管多晚，总亮着灯光，我觉得像是为我留的，很感动：这个人心好细！”

然而事实却是——汪曾祺习惯每天熬夜写文章，并没有那么细致。但不管怎样，共同的联大、相合的志趣、清苦的环境，还是让两个年轻人越走越近。

彼时互相瞧不上的两个人，却鬼使神差地走到了一起。但爱情的萌芽，还要从“昆明的胡萝卜”说起。

爱美的施松卿听说吃胡萝卜可以养颜，就经常向当地的农民买。一次偶然的机会，两个人放学后结伴而行。她对他的文章表达了赞美，而他则微微有些得意。见汪曾祺开始“耍酷”，施松卿便开始说英文，这可是汪曾祺的弱项。见汪曾祺一脸无奈，施松卿开心地咬了一大口手中的胡萝卜。

她一面吃着，一面不自觉地看他，而他突然说：“你吃了胡萝卜真的变美了。”脸上烧得红通通的姑娘，心里甜极了。

后来，25岁的汪曾祺和27岁的施松卿又巧合地到了同一所中学教学。一天，昆明的一支军队发生了兵变，贪玩的施松卿竟然把军马带回了学校。

试想一下，像她这样病怏怏的女子，牵着一匹高大的军马走来走去，是怎样的场景。汪曾祺的好友朱德熙就说了："我去看曾祺时，在建设中学大门口，见有一个女的牵着一匹大洋马，走来走去，啧啧啧……"

而汪曾祺则陪着她疯，任由她去张扬，他说："一个文文弱弱的年轻女人，在黄昏的天色中牵着一匹高高大大的马在郊外漫不经心地散步，真是漂亮！"

还有比这更浪漫的画面吗？显然，他是真的动了心。

至于到底从什么时候在一起的，两个人都“不甘示弱”，以至于晚辈们追问时，施松卿说：“那时候呀，汪才子穷得叮当响！”而汪曾祺也不甘示弱：“佳人也快挑水的回头——过景（井）啦！”

可就是这样“互相嫌弃”的两个，竟成了天造地设的一对。婚后的日子依旧清贫，后来三个小孩相继降临，日子虽然苦了点儿，但也平平顺顺。不料，汪曾祺很快就被划入了“右派”。三个孩子加上“右派家属”的帽子，这些变成了施松卿一个人的负担！她付出了旁人难以想象的艰辛，才把这个家给守住了。

多年以后，女儿汪朝曾问施松卿：“爸被打成‘右派’时，你没想过离婚？”她毫不犹豫地说：“没想过。”

他和她，患难与共，相濡以沫，熬过了数不清的苦难和波折，但他们的爱情并非是举案齐眉、相敬如宾的那一种，而是吵吵闹闹，满是趣味。

汪曾祺喜欢做饭，他对做饭和对写文章一样认真。施松卿不做饭，却有个“良好习惯”——饭菜做好后，要三请四催才上桌；见到新鲜菜，总要审问一番：“哪来的？卫生不卫生？”汪曾祺起初还据实回答，后来实在忍不了，便说：“下水道里捡来的！全是细菌！你到底吃不吃？”

施松卿要写一篇对外特稿，介绍北京人的遛鸟文化。但她对此不太了解，便向汪曾祺询问。他便兴致勃勃地讲了一大堆，她觉得挺有意思，就干脆让他来写。谁知汪曾祺把脖子一梗：“你们那些新闻稿，我才不写呢！”施松卿气得大叫：“汪曾祺，你别狂，有什么了不起的！”汪曾祺见状，马上落荒而逃，躲到房中抽烟冥想，没过两天就交了稿。

托尔斯泰说：“幸福的家庭都是相似的，不幸的家庭各有各的不幸。”其实幸福的定义也从来没有统一的标准，像汪曾祺和施松卿，他们是说说笑笑、吵吵闹闹了一辈子，但谁又会说这不是一种别致的幸福呢？

其实，不论是过日子还是交朋友，两个人能聊到一起太重要了。他总能接上你抛给他的点，并且又抛回来一个，有来道去的，吵闹也好，争辩也罢，过程中，两个人还能一直笑，还能做自己，不用装。那么这两个人就在享受大幸福。

爱不爱是其次，相处不累才最重要。

图书在版编目（C I P）数据

喜你为疾，药石无医 / 宁待著. — 北京 : 现代出版社，2017.5

ISBN 978-7-5143-5756-1

Ⅰ. ①喜… Ⅱ. ①宁… Ⅲ. ①散文集—中国—当代 Ⅳ. ① I267

中国版本图书馆 CIP 数据核字（2017）第 060666 号

喜你为疾，药石无医

著　　者　宁　待
责任编辑　赵海燕
出版发行　现代出版社
通讯地址　北京市安定门外安华里 504 号
邮政编码　100011
电　　话　010-64267325 64245264（传真）
网　　址　www.1980xd.com
电子邮箱　xiandai@vip.sina.com
印　　刷　吉林省吉广国际广告股份有限公司
开　　本　880×1230　1/32
印　　张　7
版　　次　2017 年 10 月第 1 版　2017 年 10 月第 1 次印刷
书　　号　ISBN 978-7-5143-5756-1
定　　价　39.80 元